大作家牵手小读者

虫子吉祥

吴克敬 著

陕西新华出版
未来出版社
·西安·

图书在版编目(CIP)数据

虫子吉祥／吴克敬著. —西安：未来出版社，
2017.12(2024.7 重印)
ISBN 978 - 7 - 5417 - 6343 - 4

Ⅰ. ①虫… Ⅱ. ①吴… Ⅲ. ①散文集 - 中国 - 当代
Ⅳ. ①I267

中国版本图书馆 CIP 数据核字(2017)第 318766 号

虫子吉祥 大作家牵手小读者
CHONGZI JIXIANG DAZUOJIA QIANSHOU XIAODUZHE

选题策划	陆三强	
责任编辑	高小雁　张晟楠	
封面设计	许　歌	
技术监制	宋宏伟	
出版发行	未来出版社	
	地址:西安市登高路 1388 号　邮编:710061	
经　　销	全国新华书店	
印　　刷	三河市金兆印刷装订有限公司	
开　　本	880mm×1230mm　1/32	
印　　张	8	
字　　数	150 千字	
版　　次	2018 年 1 月第 1 版	
印　　次	2024 年 7 月第 3 次印刷	
书　　号	ISBN 978 - 7 - 5417 - 6343 - 4	
定　　价	46.80 元	

序

有　趣

吴克敬

　　爬了好些年的格子,觉得自己像只贪婪的字虫儿,写了那么多称之为小说和散文的东西,突然地到了一定的年龄,乘车有小朋友让座了,才豁然觉悟,怎么没写点儿有趣的东西,交好我们可爱的少年儿童朋友,成为他们眼底下、心里头的老顽童。

　　觉悟有了,但要做到并不容易。

　　我没有吴承恩那样的奇思妙想,可以写出一部很好玩的《西游记》;我没有蒲松龄那样的异趣幻谋,可以写出一部很好读的《聊斋志异》;我没有安徒生、格林兄弟那样的灵智慧心,可以写出那么多丰富多彩的童话故事;……但我不能辜负了我的觉悟,我是一定要为少年儿童出版一部有趣的文学作品了。

有趣！我给我的作品确立的目标必须是有趣。

汉语言里一个"趣"字，真的是有趣哩。它可以组合出许多含义不同的词，譬如知趣、识趣、无趣等似乎负面的词汇；当然还会组合出情趣、志趣、趣味等都十分正面的词组。大家你说趣、他道趣的，反反复复都说趣，可是有说不完的趣话哩。

这就对了。这趣那趣的，我想唯有有趣才有趣。

特别是面对了少年儿童，有趣是最重要的。无趣吸引不了他们，有趣才可能影响他们。像我列举的吴承恩、蒲松龄、安徒生、格林兄弟，他们的作品都是有趣的，所以才吸引着一代一代的少年儿童，影响着一代一代的少年儿童，而且还将一代一代地吸引下去、影响下去。

我把我自觉有趣的一些随笔小品，拣拾出来，归了归类，分成三辑，欲出版出来，面向可爱的少年儿童，希望也能与少年儿童一起，体验感受一下我的趣味。我在这里，很想使自己返老还童，但我知道这是做不到的，谁都无法生理地返老还童。那么心理的、文学的返老还童，能不能实现呢？大概是可以的，如不然就没有了金庸武侠小说里的风流人物老顽童了。

这是我给我找出来的理由，应该不算强词夺理吧。所以我在我的《虫子吉祥》一书里，斗胆把自己混同于一个少年儿童，与我们可爱的、机智的、聪慧的少年儿童朋友，文学地"感受心跳"，文学地"感受心意"，文学地"感受心情"。

幸运的是,我是早就感受过了。书里的每一篇文章,我在捉笔来写的时候,就先感受到了。我在写作的过程中,以及落笔的时候,一直感受着,便是到我年过花甲的今天,来初编这本小书时,依然还在感受。

　　我感受我的确是老了呢。首先老了的是我的眼睛。

　　我这么说,并不是说我老眼昏花。我无比骄傲地要告诉我爱着的少年儿童,我的眼睛因为我从小养成习惯,坐在桌子前读书写作,永远保持着一个端端正正的姿势,眼睛距离书本,不会少于 40 厘米,不会多于 50 厘米。我以这样的坐姿读书写作,既是对书本的一种尊重,也是对身体的一种保健。我的颈椎至今没有问题,我的眼睛至今在 1.5 的视力以上。我感受我的眼睛老了,只是不好意思地要说,我原来很没出息地喜欢美女靓男,无论在什么时候,无论在什么地方,看见了漂亮的女孩儿,看见了俊朗的男孩儿,都要用眼睛追着他们看,便是错身而过,或是我加快了脚步,走到了美女靓男的前头,还要忍不住回过头来,再心花怒放地多看几眼哩。

　　这是我未老时的眼睛。如今渐渐地老了,在我眼睛里什么美女,什么靓男,甚或长得比较一般化的女娃男娃,让我看上去,几乎是没有什么差别了,差不多都是一个样子。而我这时候,自己追问自己,却也不知道从哪一天起,看见了小小孩儿,他们与我无亲无故,没有任何血缘关系,但却是远远地看见了,就欢喜得不得了,哪怕小小孩儿脸上有清鼻涕、有眼泪,我也满心欢喜地、远远地对着他们笑。虽然他们不懂我的笑，可这又有什么呢？我没有道理地亲着他们、爱着他们。

老了的眼睛都是这个样子。不只是我们人类，动物界也一样。央视的《动物世界》是我所爱看的，我发现制作者运用摄像机镜头，远景近景，虚光实光，给我们呈现出来的动物们，大的如老虎、豹子、熊，小的如蜘蛛、蝴蝶、猫，全都是一个样子哩。年轻时候的眼睛，追逐的都是年轻的身影，年老了的眼睛，欢喜的都是幼小的生命。

好了，我的眼睛就这么义无反顾地老了。

我高兴我眼睛的老，这一老使我老出了温暖，老出了柔和，老出了对少年儿童的巨大爱心。我为我老眼里的爱，奉献出我的一点儿感受，成了我如今最大的安慰。我因此必须要感谢专为少儿做出版的未来出版社，他们慷慨地帮助我，把我的感受，以如此精美的方式，做出来呈送给我们的少年儿童，我感激得没有别的话说了。

最后想说的还是一个"趣"字。有趣，真趣，有真趣。

我怯心我不能把这样的感受，文学地分享给少年儿童，那就只有抱歉，请求少年儿童朋友原谅。

2017 年 9 月 7 日西安曲江

虫子吉祥 ◆

目录

第一辑　感受心跳

像孩子一样努力 / 003

清晨两小时 / 007

虚怀 / 012

指尖上的母爱 / 018

几句家常话 / 023

"虫子" / 027

虫子吉祥 / 031

乌鸦的智慧与蠢傻 / 038

孩子是一所大学 / 044

聆听天籁 / 050

说话与听话 / 054

戏泥弄瓦 / 057

家有酒鬼 / 062

一把棕笤帚 / 066

兔斯基 / 070

枕边的羊儿 / 074

小棉袄 / 080

第二辑 感受心意

在父亲眼里 / 087

舌尖上的母亲 / 092

跪草 / 098

糖友 / 103

母亲的炊烟 / 108

科学稀饭 / 112

做个好女人 / 117

乐古 / 121

乐败 / 125

乐闲 / 129

乐贫 / 133

甭熬咧！睡 / 137

风水满树花 / 142

一枚麻钱的过失 / 146

三张蒸熟的蚕种 / 151

铁花飞溅的账桌 / 157

肉红酒香的席桌 / 163

第三辑　感受心情

发脾气的小牛 / 171

想念山豹 / 175

想念山猪 / 184

染彩的小鸡 / 191

流浪的鸭子 / 194

鹅头也焗油 / 198

乌龟·乌龟 / 202

鸽子·鸽子 / 206

喜鹊·喜鹊 / 210

紫貂·紫貂 / 214

音符一样的鸟儿 / 218

想念黑天鹅 / 222

复仇的乌鸦 / 226

跪向小鸟 / 230

猪婆坟 / 233

兔儿娘 / 237

灵鼠墓 / 240

虫子吉祥

◈

第一辑

感

受

心

跳

像孩子一样努力

知道这个世界上谁最努力吗？

如果一时答不出来，就请收回自己的眼光，看着书桌前自己的孩子。中国人的孩子，无疑是这个世界上最努力的人。听说了，外国人（主要为西方国家）奉行的是快乐教育，孩子接受教育，学习科学文化知识，首先是建立在快乐的基础上，如果失去了快乐的基础，他们会觉得很失败，甚而会提出抗议。看到不止一篇文章，讲的也都是亲身体会，在西方国家的教室里，孩子是很自由的，可以坐着听老师讲课，也可以站着，走着，甚至是躺着听老师讲课，学生随时可以向老师提出问题，要求老师回答。咱没有那样的经历，不知是真是假。咱能看到的，是在咱们的城市，在咱们的身边，咱们的家长，暑假时，把咱们的孩子送进请了外教的补习班，咱在窗外站着看、站着听，就见外教把严肃的课堂几乎变成了游戏室，所有的学习，都是在外教的引导下，与孩子没高没低、嘻嘻哈哈、打打闹闹中进行的。咱看得鼻子不是鼻子、眼不是眼，等孩子从课堂上下来，咱征求孩子的意见，不去外教的班上补习了吧。孩子很不解地盯着咱，以为咱感冒发烧了，好好地怎么能不在外教的班上补习呢？

孩子坚定地摇摇头：不，就上外教班！

咱的态度也很坚定的：那叫课堂吗？那是游戏。

孩子笑了：可我学得很好、很扎实，老师课堂上教的东西，我都学会了，比严肃古板的教育学习的东西更多，理解也更深。

咱还能说什么呢？只有向孩子妥协了。

此后的实绩也证明，孩子的感知不谬。

哪像我们，倡导的是素质教育，实行的却还是应试教育。为了那一个"考"字，孩子累，老师累，家长也累。有什么办法呢？谁都想有一个好职业，谁都想碗里的饭稠一些，就只有加倍努力地学习了。咱们的老先人是怎么说来着，"少壮不努力，老大徒伤悲。"咱们就依着老先人的经验，在孩子刚会走路的时候，走在大街上，看见扫大街的，就对孩子说：要好好学习，不然就扫大街去。看见讨饭的，就对孩子说：要努力学习，不然就讨饭吃去。我的小女儿在上西安幼儿园的时候，一次，她母亲接了，在当时大差市的凯悦饭店对面等车，小女儿指着豪华亮丽的凯悦饭店问母亲："什么人住在那里边？"母亲随口回答："听老师话，学习成绩好的人住在那里。"小女儿若有所悟地哦了一声，对她母亲说："我明白了，你和我爸住得那么差，原来是没好好学习。"

母亲被女儿说愣了。不过她这次的现场教育，还是深刻地影响了我的女儿，她果然学习很努力，成绩一直很优秀。而且时不时地，还会提起她和母亲关于凯悦饭店的对话。

在中国，孩子必须是努力的。

孩子们背着沉重的书包去学校，上一天学，再背着沉重的书包回到家，把饭碗往旁边一推，就开始做作业了，大多要做到晚上11点后，才能有个了结。

这时候，咱们家长做什么呢？不是在外边应酬，唱歌、跳舞、打麻将，就是在家里看电视、翻闲书、睡大觉。常常是父母在床上打一阵呼噜，翻一个身，孩子还在一盏昏暗的灯下，咬碎笔杆，绞尽脑汁，为一道可能要"考"的试题，做着痛苦的解析。

这就有了为父亲者我的另一种觉悟，知道咱无法奈"应试教育"何，便自觉像孩子一样的努力了。我在媒体工作，且还担任着一定的职务，为了应酬，在外面唱歌、跳舞、吃喝、打麻将的事也是常有的，但我因为女儿，便想方设法逃避那些应酬，争取到更多的时间，在家陪着女儿做作业。我家的书房里，有一张大点儿的书桌，有一张小点儿的书桌，大点儿的我用，小点儿的女儿用。过了几年，女儿的课本和作业越来越多，小点儿的书桌不够她用了，我们就换了防，大点儿的书桌女儿用，小点儿的书桌我来用。不论书桌大小，我陪在女儿身边，她做她的作业，我翻我的闲书写我的文章。几年下来，到女儿考取了一个不错的大学走了后，我回头整理自己的收成，竟也有了几大本的文字积累。我找了一家出版社，把书出版出来，写的就是这样一个后记。

我有我的理由：欲教子，先教己。

2009 年 10 月 10 日西安曲江

清晨两小时

过去几个年头，我写了些文章，也出了一些书，便不断地有人问我，你是怎么写出来的？

应该说，这不是个难回答的问题，但我在大家问我时，却不能很好地回答出来。不能很好回答，是我心里不知道，大家这么问我，是问我的写作时间呢，还是问我写作的经验与体会？如果问的是后者，我的确回答不出来。如果是前者，我想我是该回答人家的，我没必要隐瞒什么。

那么，我该怎么回答呢？是清晨两小时嘛！

清晨两小时。对了，就是这个回答，因为这是事实。在我的作息时间表里，很少有清早睡懒觉的环节，总是天明6点，就已从床上爬起来，去洗手间净了身子后，洗手擦脸，刷牙梳头，把自己弄清爽了，这就坐在写字台前，翻开笔记本，接着正写的文章，一个字一个字地续着写下来。

这成了我的习惯，改是改不掉了。

我理解大家在那个询问中的关切色彩，这是因为，大家知道我的职业是做新闻的，是一个在新闻岗位做了许多年的从业者。新闻的命脉，最集中的体现就是时间，今日的新闻放到明日来做，就不是新闻了。因此，新闻从业者都把时间看得比自己的性命还重要，而我作为媒体的从业者，又岂能不被时间所逼迫，常常是，如同奔命一样驰骋在新闻的组织和出版的快车道上。轮到值夜班，那就更不得了，吃住都在办公室里，一点儿心都不能分，只怕分心出错，那就不只是对不起自己，而是对不起读者，对不起新闻事业了。

更何况，我也是爱着新闻工作的，感觉每一天都是新的，如新闻纸一样新，就看自己怎么书写了。

然而不论我值白班，还是值夜班，清早的两小时是不容牺牲的。我必须抓住这每天少有的清晨两小时，坐在我的书桌前，任由我的笔尖，像一个麦田里的农夫，在挖荠儿菜一样，指指戳戳，寻寻觅觅，把自己的所思所想，谈不上刻苦，也谈不上轻松地刻画在笔记本的纸页上，日积月累，竟然也就有了一个规模化的收成。

在这里我要说明一下，我使用的笔记本，不是现代化的笔记本电脑，而是传统的纸质笔记本。

这么说来，我该是个苦命的、朽木难雕的人。我学习了现代化的笔记本电脑的操作，一些基本的技能和方法，我也能操作得了。但偏偏的，在我进行创作时，就不能在笔记本电脑上写了，便是硬着头皮写下来，回头去看，干巴巴不见一点儿文采，把自己首先读得头皮发麻，恨不得举起不断升级、不断换代的笔记本电脑，摔在脚下，摔粉碎了。而我只要提起笔，翻开传统的纸质笔记本，我的思维立马就像打开了一道门，从那扇门里进去，见山是山，见水是水，花花草草，干涩的文字当下变得湿润了，照着我的思和想，紧赶慢赶地记录下来，去读时，颇能安慰自己渐趋苍老和脆弱的心。

在我的书柜里，整整齐齐码着的，已有许多写满了钢笔字的笔记本，五颜六色，煞是壮观。自己看了，不是成就也是成就了呢。

有的时候，因为我的专注，还会把清晨的两小时用过头。每在这时，我亲如兄弟的虎明师傅会给我打个电话，提醒我，让我赶在 8 时 30 分下得楼来，坐上他驾驶的小汽车，平稳安然地到城里的办公室工作。

因此我是有点儿小骄傲的，并对抱怨自己想干事而没时间的人说，要想做件事，其实不需太多的时间，抓住清晨起来的两个小时，就都够了。

在清晨起来后的两个小时里，人的思维是活跃的，精力也是充沛的，做事就一定也是有效率的。

我不嫌脸红，还想揭秘清晨起来的两小时，并不是我多么勤奋用功，多么珍惜时间。说透了，恰恰是因为我的偷懒，和我要把时间混过去的一种技巧。

大家想一想，在家庭中生活，清早起来是有许多活儿做的：点火烧饭是一样活儿，叠被子扫床是一样活儿，还有扫地擦桌子，洗碗擦碟子，都是些琐碎的烦人的活儿。而如果有了孩子，孩子还小，要去学校读书，把孩子摇醒，拉起床，穿衣服，洗脸，梳头发，剥鸡蛋，热牛奶，整理书包，推上自行车送出门，再叮咛几句，又是一串子泼烦和麻眼的活儿。这些活儿，我干不好，也不想干，但又不能看着妻子一个人干，那样就是妻子不说啥，自己也是不好受的。那么，就给自己找个活儿干吧。

我能找个什么活儿呢？扬长避短，我给自己就找了个码字的活儿。

好像是，只要我坐在书桌前码字，妻子便十分开心，就悄没声地做着一家的泼烦活儿，琐碎事务。等上一会儿，新冲的一杯茶端到我的书桌上来了；再等一会儿，热了的牛奶端到我的书桌上来了；再再等一会儿，烤过的馍夹着煮鸡蛋又端到我的书桌上来了；……让我的心绪会有一阵一阵地抛锚，想象古人说的"红袖添香"这句话，大概就是我在清晨两小时里所能享受到的待遇吧。

这样的好处是显而易见的，我既偷了懒，又把时间混了过去，最后还能获得相应的收成，想一想，还真是件应该小小得意点儿的乐事哩。

有一次，我把盘算在自己心里的小九九，坦白地告诉妻子，原意是想惹她红个脸，发泄一下。却不承想，妻子是一副世事洞明的模样，一点儿都不为我的坦白所惊讶。还说，她早就识破了我的把戏，之所以甘愿被骗，是她喜欢这样的骗，再骗下去她还高兴，只要你不骗自己就好。

如此明察秋毫，我怕是只能汗颜了。

好在我偷懒偷出了一些小说，混时间混出了一些随笔散文。而我的妻子偏也是个很有灵性的人儿，她的文笔，依我们大学老师的观点来说，是还要胜于我的。现在，我要把我的这些小说、散文和随笔出版出来了，我想，我可以以此作为我对妻子的一个汇报吧。

2007 年 4 月 6 日西安太阳庙

虚　　怀

"来上海快三个月了，说没有想家是假的。记得我第一次在同济大学材料馆门前排队时，爸妈就在我身边大约十米。我一直不敢回头看一眼，因为我知道，只要我一回头，我一定会哭出来。站在一大群陌生人中，我的眼泪不知道涌出来多少次，每一次都被我强行憋回去了。我不能让妈妈担心，我要坚强。"这是女儿吴辰旸博客里的文章，她妈陈乃霞发现了，打印了一份，拿回来让我看，只看了几行，身为父亲的我，便热喷喷两眼水雾。

我虚虚浮浮的胸怀，因而一下子填得满满当当的了。

女儿辰旸在身边念书的时候，我的心怀是实在的，看着她从褓褓里睁开眼睛，到蹒跚学步，牙牙学语，直至背着书包上学校，在我的膝下绕来绕去，让我总是欢乐不止，又心痛不已……我心痛着女儿辰旸的嫩肩膀，背着越来越重的书包，熬着越来越深的夜色。我到她读书的师大附中接她，伸手抓住她的书包带，我是想替她背一程的，她却坚决不让，把书包的背带，紧紧地抓在她的嫩手里。她要是熬夜了，我睡不着，就伴着她一起熬。原来我用的是张较大的桌子，女儿辰旸用的是张较小的桌子，她的作业越来越多，小桌子放不下，我们父女换了个座位，她坐上较大的桌子，我坐上较小的桌子。这种父女夜里读书作业的情景，一直坚持到她考取了上海的同济大学。

为此，我还写了篇《像女儿一样努力》的小文章，为我的一本书作了跋。我在文章中写到道：我所以有几部书稿的产出，全是因为女儿辰旸的影响。

习惯就这么不经意地养成了。女儿辰旸发短信来，说她每晚都是在同济大学的图书馆度过的。我给她回短信说，我是在家里的书房度过的。

这是我要交代的一件事情呢，就在女儿辰旸出门去上海的日子，我的脾气没来由地大了起来，妻子一言不合，我就要高喉咙大嗓门地喊几声，这让向来温婉的妻子吃惊，而我事后也要吃惊的。不过还好，妻子善解人意地认为，我的脾气频发，是因为我舍不得女儿辰旸离开。我承认了妻子的分析，就咬牙忍着，不对妻子吼叫了，但却在女儿辰旸天明就要动身去上海的那天晚上，把女儿辰旸好生吼叫了一顿。

理由拖到今天，我却羞于开口来说。那天夜里，妻子一件件地收拾着女儿辰旸的衣物。我看得心酸，就把家里的电脑打开来，在新浪网上的新闻栏目里，翻看体育新闻。女儿辰旸凑到我的跟前，要给我做老师，教我在电脑前写文章，开博客，建聊天室。我知道女儿辰旸是一片好意，因为她知道，我于电脑是个大大的门外汉，除了能够翻看新闻外，别的功能概莫能知，她想给我来次速成教育，在她生年头一次出远门的前夜，让我对开博、聊天那样的技能有所了解，到她孤身远方，想要和我在博客上交流时，也有一块自己的阵地。我理解女儿辰旸的苦心，就也自觉地跟她学习起来，可我心里大乱，女儿辰旸的老师当得就很费劲，怨了我一句"咋那笨"的话，我就收不住自己的脾气了，把女儿辰旸大吼大叫了一场。

整理着女儿辰旸衣物的妻子插嘴进来说话了。她说我舍不得孩子出远门，就自己跟上走，跟孩子发哪门子的火？

正是妻子的插话，有了我送女儿辰旸到上海的经历，同时也就有了女儿辰旸写在博客上的那段文字。

我两眼水雾地读着女儿辰旸的博文，真不知道我那时是怎么了？心空，虚怀。我认真地思索着，想得出的理由，就只有这两个词。而我坚定地认为，像我这样的家长，遇到那样一个共同的问题，其实都是一样的。例如我的妻子，她和我把女儿辰旸送到上海的同济大学后，在回程的飞机上，就给我不无伤心地说，她的心空了，怀虚了。

妻子说得有气无力，我偏了头看她，觉得她说了个大实话。想我的女儿辰旸，出生以来，哪一日不是缠在她妈的怀里，尤其是在吃奶的时候，小家伙吊在她妈的乳头上，那张小小的红嘴唇，干脆是个威力超强的小吸盘，她妈要想摘下她的嘴巴，不把她和她妈挣得满头满脸的汗水，就别想摘下来……女儿辰旸渐渐地长着，长得上了幼儿园，接着上了小学、初中和高中，我就想，女儿辰旸还能缠在她妈的怀里吗？她是会从她妈的怀里挣脱出来的。可我失望地发现，到女儿辰旸参加了高考，拿到了高考的录取通知书，她们母女似乎比任何时候都腻，一个成了另一个的影子，有时候妻子把女儿辰旸拥到怀里，有时候却是女儿辰旸把妻子拥在怀里。

我为此说过她们母女，说她们在向我示威。

如果我不说，她们母女倒还罢了，而我一说，她们母女就更腻歪得没了边沿。当然，我并不反对她们母女的腻歪，嘴上怨气冲冲地说她们，心里却是高兴看到她们母女腻歪的。突然地把女儿辰旸送到上海，在同济大学的校园里撒手回来，妻子虚怀心空的感觉，我是太理解了。因为我和妻子一样，也是特别的虚怀，心空。

我劝着妻子，说咱们回到西安，先到宠物市场上去，我给你买一条小狗回来抱着，你就不会太虚怀，太心空了。

妻子让我说乐了，含泪嗔怪我，狗是我的女儿吗？

我和妻子逗起了嘴，说，你不见咱们小区里的男女，养了狗的，谁不把狗当作了自己的儿女养着。

妻子没有否认我的玩笑，她长着眼睛和耳朵，看得见小区养狗的男女，是很亲他们养的宠物的，在院子里遛的时候，那一声一声的呼唤，真是比叫亲生的儿女还亲哩。这是一个非常庞大的队伍，我想不只我居住的小区里是这样，别的城市、别的小区一定与我的城市、我的小区一样，有着那样一个庞大的宠物饲养者队伍。我熟悉我们小区养宠物的一部分人，发现他们无一例外地，都是子女不在身边的人。

心怀真是不能虚的呢。

虚怀的时候，不让人家抱狗抱猫做什么？

是夜，我和妻子坐在电视机前，看到一条新闻：有位鳏居的老人，在他冷寂的屋里死了，但他养的一条小狗，不知他已咽气，还像往常日子一样，静静地卧在他的身边；送报的人来了，把报纸习惯性地从门下缝隙里塞进来，小狗跳着跑着，去了门口，把报纸叼了回来，放在主人的身边……直到鳏居者的尸体发出难闻的气味，邻居报了警。警察赶来打开鳏居者的门，才知鳏居者去了多日了。

涌进鳏居者家里的人，发现了那条小狗，和小狗每日叼到鳏居者手边的报纸，摞起来竟然有了半尺高。

大家知道是那条小狗的功劳，它不离不弃地守在鳏居者的身旁，因为多日少食缺餐，也已饿得奄奄一息，因此，大家不约而同，都为那条小狗而涌出闪闪的泪光。

狗通人性，可爱的小狗来填人的虚怀，这是狗的幸运，但是可以肯定地说，那是人的悲哀。因为人之为人，切实需要的，还是人的关心，人的爱护……孩子不是自己的附属品，我们生养孩子，教育孩子，就是为了孩子的成长。孩子长大了，长出了能够飞翔的翅膀，我们就该放手了，让他们去扶风飞翔。这样我们可以发现，而且是个骄傲地发现哩，扶风飞翔的孩子，让广袤无垠的蓝天，更多彩云和繁星……是这样了，我们可以收回自己的目光，看看你的身边，有你形影相伴的爱人，他（她）们是否如你一样，心空了？怀虚了？

要知道，在孩子还未填充你的心怀之前，充实你心怀的那个人，一定是你的爱人。

2010 年 3 月 15 日西安翠竹园

指尖上的母爱

与女儿吴辰旸的交流，妻子都交给了她的手指。

我把这个日子记得非常清楚，就在四年前，女儿考取了上海的同济大学，我与妻子一起送她赴校，在校园给女儿首次买下手机后，她们娘儿俩面对面就相互发了一条短信。是妻子先发给女儿的，她发的短信看是随意，但却是当时萦绕在我们心头，最想说给女儿的几句话。妻子用她的指尖，在她的手机上写道："孩子，你有你的大学了。因为你有了你的大学，也便有了离开父母的理由。你的理由是充分的，你就很好地享受你的大学生活吧。"女儿也是，在她拥有了自己的手机，头一次在手机上接收到母亲的第一条短信，她偏脸乐了一下，当即给母亲回了一条短信，"老娘好！短信收到，请老娘放心，女儿长大了，女儿不会让你们失望的。"

母女俩头一次用短信交流，仿佛一个仪式。从此，母亲把女儿顶在了她的手指尖上，一切的关爱，一切的嘱咐，一切的唠叨，都用指尖，在手机上写出来，发给远在上海的女儿。这让她们母女的距离，没有因为空间上的差距而变得遥远，仿佛独立于大学生活里的女儿，还在她的身边一样，让她们很好地进行着亲情交流。

　　为此，我是真诚地感谢着手机，感谢这种现代化的交流沟通工具。然而，没有手机，女儿就不在母亲的手指尖上了？我的答案是，否。因为女儿之于母亲，不论什么时候，在什么样的情况，都在母亲的指尖上，享受着母亲无微不至的爱。

　　我是妻子和女儿爱的见证者，便是女儿还折腾在母亲的肚子里，没有分娩出来的时候，女儿就已被她的母亲爱在指尖上了。

　　不怎么会织毛衣的妻子，买回来了毛线和织针，一针一线地来给未出生的女儿织起了毛袜。她织得可是辛苦呢，伴着妊娠反应，她的手指都被织针戳得一团红肿，仿佛透明的红萝卜，但她绝不停手，一直织着。刚织出来，她拿给我显摆。我是夸奖了的，说她织得很好。可她却不满意，拽住线头，一会儿又扯开来再织……到女儿快出生的日子里，她又不知从哪儿弄回一堆包皮布（即商场包裹布匹的那种布），裁成与手绢一般大的样子，准备着要为出生后的女儿做尿片儿。可能是她裁布时有所感觉，发现了包皮布的粗糙，她可不想粗糙的包皮布让女儿的嫩屁股受灾。怎么办呢？她把裁出来预做尿片儿的包皮布，先投进热锅里煮，煮一阵儿又泡在清水里洗，洗一遍，仍嫌粗糙，就又投进热水里煮，这一次一定比头一次煮的时间长，然后又捞出来，泡在清水里洗……三番五次地煮和洗，她把自己的手洗得白蜡蜡的，像是一根根失去血色的肉肠。不过，被她煮洗过后的包皮布，来给女儿做尿片儿，的确是又柔又软，又白又干净，让女儿的嫩屁股，可是享了福。

女儿顺顺利利地出生了，又顺顺利利地上了幼儿园，上了小学、中学和大学，接着呢，顺顺利利地通过了托福等出国留学的考试，过些日子，就要越洋美国，到那里的斯坦福大学读研。我们在家里给女儿做着留洋的准备，不免说起过去的事情，我就说了。

我说妻子，你把女儿是爱在指尖上了。

妻子并不是对我的说法有意见，但她反驳于我，说她是爱在心上的。

我必须承认，妻子的辩驳是有理的。世上的父母，谁不是把自己的孩子爱在心上的？我也一样，是用心地爱着我的孩子的，但我不能说我爱我的孩子在指尖上。因为，我对孩子做得太少了。只有为孩子做得多的人，才配说他爱在指尖上。

过去，我在接送女儿上学的校门口，常会看到一部分孩子，在上学的路上，左手一根油条，右手一袋牛奶，边吃喝边急匆匆往学校去……女儿辰旸就绝不会有这样的事发生。她的母亲，哪怕是病着的时候，都要早早爬起来，给女儿做好吃的，才让女儿出门去上学。女儿从小长到大，她的吃吃喝喝、穿穿戴戴，就那么持续地忙碌在她母亲的指尖上。

不过，母亲那爱着女儿的指尖，也有生气着火的时候。到那时候，母爱的指尖，也会如刮起来的一阵风，削在女儿的屁股上，让女儿受一点儿皮肉之苦。作为父亲，我反对母亲这么干，终于有一次，在母亲用她的手去削女儿的屁股时，我用自己的方式反抗了。我没有挺身而出，阻挡母亲的巴掌，而是独自发着火，抬起脚来，把客厅里的玻璃茶几踩得粉碎。踩碎的玻璃茶几，响声是吓人的，而踩碎溅起来的玻璃碎片，更是伤人的，我的脚背当即被玻璃碎片划了一道血口子。我以流血的方式，阻止了母亲对女儿的暴行，但我知道，母亲动手打孩子，又能打成什么样呢？无非还是一种爱，一种指尖上对孩子的爱。

对于犯错的孩子，爱她的母亲有打的资格。

爱在指尖上的女儿吴辰旸要去美国留学了，可以想见的情景是，作为母亲的妻子，用她的指尖，是够不着打她了，但母亲会更勤奋地把她的手指点击在手机上，向女儿传达她的爱。我愿这样的爱，长长久久，没有穷期。

2013 年 6 月 19 日西安曲江

几句家常话

　　噼里啪啦的炮仗声在窗外裂响着，是元宵节的晚上呢，我想全世界的华人，在这个欢乐的时刻，都会用自己的激情仰望璀璨在天空中的绚丽礼花。但我却被几篇中学生的作文，牵绊住了眼睛。

　　这是《华商报》作文版对我的信任，让我对几篇中学生作文进行点评。我感激这份信任，更感激写出优秀作文的中学生。

　　对此，我能说什么呢？想了想，记起年前在西北大学附中与中学生朋友见面说的话。他们是约我当文学顾问的，我说我顾不上，也问不好，而我也是一个中学生家长，那么，我就和中学生说几句家常话吧。

　　其实家常话是不好说的，它拒绝掩饰，拒绝欺骗。因此，我老实告诉中学生们，我是个被中学生瞧不起的家长。

当然，这个中学生单指我的女儿，她今年要高考了，学的是理科，却并不偏废文科，在初一时参加团市委等单位组织的中学生作文大赛，这个大赛不分初中和高中，没想到我的女儿竟夺了大赛金奖。所以说她有资格瞧不起老爸，不是别的原因，是她瞧不起我的作文，统而言之：烂烂文章。

这次读了几位中学生朋友的作文，我觉得你们也可以瞧不起你们的老爸，当然也仅限于作文一端。

我要十分喜悦地告诉你们，你们的作文是不错的。你们的不错表现在作文时，绝不无病呻吟，一字一句，都是付出了真感情的。譬如《那一刻，我将陪你一起走》，李正清就深情地感激着他的父母，父母为他花费了太多的时间，倾注了太多的心血，他想让父母得到很好的休息，就说"你们受累了，这里痛了那里酸了"。还譬如《那短暂的温暖熟睡》，刘嘉越怀念爸爸驾车载着他和母亲出城郊游的幸福，现在爸爸没了时间，但他仍然期望着，期望郊游回到家里的疲累，可以在"寂静的夜里，温暖地熟睡"。有真感情，有真性情，是写好作文的基本条件，而再加上一些诗性的意韵，应该会更好一些。李欣宇在《有这样一种声音》中就做得好一些，他紧扣校园民谣这一独特现象，做了充分的诗性的表达，这是难能可贵的。

好了，我的家常话就说这几句吧，希望不要误导了大家。

最后我还想啰唆的是，作为《美文》杂志全球华人中学生作文大赛的评委，我兴趣盎然地参加了五届。我发现参赛作文，初中组总比高中组要好一些。最近的两届，初中组都评了金奖，而高中组却遗憾未能评出金奖。我在思考这个问题，也和中学语文教育专家交谈，发现我们的语文教育，在初中时还能尊重孩子的本性，自由地抒发自己的情感，而到了高中，就很难有这样的机会。高中时大家都奔跑在高考的高速路上，无论是老师的指导，还是堆积如山的辅导资料，把作文归纳在几种有利于高考的类型中，一遍一遍地练习，不知不觉便失去了作文中鲜活的东西，而多了许多技巧性的玩意儿，这是让人所要忧虑的。

我的女儿也是这样的，她初中的时候，参加了一个全省性质的作文大赛。这次大赛没有初中高中之分，大赛结果出来，我读初中一年级的女儿获得了两个金奖中的一个，而且是排在第一位的那一个。那时我在报社工作，女儿参加大赛期间，我刚好出国学习，回来上的头一个夜班，就在报纸清样上看到了女儿的名字，但我当时没敢想得奖的就是我的女儿，以为只是重名重姓，所以就没往心上放。第二天，我在家休息，女儿把奖拿回来了，是一个笔记本电脑和一个数码相机，自然还有获奖证书，这我就不能不信了。我看了女儿的那篇作文，写的是我们初到西安租住的那处大杂院。我看了后很为我的女儿而骄傲，以为我的女儿是会作文的。然而，女儿从初中升到高中，作文水平没怎么提高，好像还有下降的趋势，这让女儿自己着急，也让我们家长着急。但是学校的教育如此，谁又能怎么办呢！

唉，对此我难说对与错。

2009 年 2 月 9 日西安后村

"虫　子"

　　作为动物的虫子，也不知有多少个种类，没法细分。粗分却只有两类：一类曰益虫，像七星瓢虫，像长虫（蛇），前者消灭蚜虫，后者消灭老鼠，而蚜虫和老鼠的罪恶，不是戕害庄稼，就是戕害粮食……；另一类曰害虫，害虫与益虫对立着，如蚜虫、老鼠一类。这么一对比，问题就出来了，谁是益虫，谁是害虫，都是以人的利害关系作区别，与人有益就是益虫，与人有害就是害虫。如果我们人类能够站在害虫的立场上替它们想想，问题会发生变化。七星瓢虫消灭蚜虫，七星瓢虫就是蚜虫的大害；长虫（蛇）消灭老鼠，长虫就是老鼠的大害。如此作想，还真难说谁是害虫，谁是益虫了。生物链就是这么奇妙，一物对一物，相生又相克，循环往复，这就是大千世界。

　　忽然就听到一个消息，有人假借记者之名混吃混喝，收红包、纪念品。据说这样的人层出不穷，而最负盛名的一个，恐怕非京城的那个不可。京城的世面大、会议多，那个外省青年抓住机会，混了进去，半年之久，吃也吃了，拿也拿了，到事发，所获红包和各类纪念品的价值达 8 万余元。与他一起撵会的京城记者们愤怒了，千夫所指"会虫儿"。

不知怎的，对这个惹怒了京城记者的"会虫儿"，我却一点儿也愤怒不起来，尽管我也是记者队伍中的一员。记得初听这个消息，我只是觉得好笑，想那可怜的外省青年，虽然可悲、可叹，却并不可恶。因为在我看来，这个"会虫儿"的全部错误，只在于他的"非专业职责"和"非合法性"。所谓"非专业职责"与"非合法性"，自然是相对于"专业职责"和"合法性"而言的。已知这个"会虫儿"原是一个下岗工人，后来，他发现开会是个不错的"再就业"机会，就自己给自己做主，自行"上岗"了，可他却忽略了一个基本条件：开会是要有资格的。

有资格开会的人是工作需要，不开还不行，有着很强的"专业职责"。综观我们的社会现实，开会是件十分密集的活儿，这就命里注定一些人得泡在会上，好像除了开会，他们基本上再没别的事好干。这其中舞文弄墨的记者该是一大主流，他们从这一个会上出来，又进到另一个会上去，一天当中，可能会连续走着，参加三五个会议。当然也有扑空的会和扑空的日子，记者们就你打我的手机，我打你的手机，相互联络，没会找会去。总之，他们今天不是你"走穴"招呼我光临，就是明天我"走穴"招呼他驾幸，彼此都很忙碌，忙碌得也很有成效，有红包拿，有纪念品领，何乐而不为呢！

无冕之王的记者们就是有这个本事，不佩服那是不行的。他们不仅自己要开会，还会想着法子让周围有本事组织会议的人把会开起来。巧舌如簧的他们会说，开不开会，会不会开会，这是衡量一个人的能力和水平的重要标志。现成的经费摆在那儿，堂皇的会场建在那儿，闲着也是闲着，咱们开会吧，巧立名目，邀约领导，造他个轰轰烈烈的效果，你加薪呀，升官呀，就都有资本了。这些便都不是"会虫儿"所能为的。专业策划会议的人都精通此道，有着深厚的内在功夫，他们这时候比主人还主人，对会议程序的拟定，对会议发言的控制，对与会人员的招待，做得从容不迫，游刃有余。而"会虫儿"，胆不壮，到了会上不敢大声喘气，瓷着个脸，似笑非笑，鬼鬼祟祟地接个红包，收点儿纪念品，这就不对了，就成了骗吃骗喝骗东西，就成了"会虫儿"。

骗吃骗喝骗东西的赴会者是"会虫儿"，其他开会吃喝拿东西的人就不是"会虫儿"了？这使我想起文前所述的七星瓢虫和蝽虫、长虫和老鼠的关系，其实很难说谁有益谁有害，如果有，都只是一种私利驱动。因此，不管你是以合法身份赴会，还是以非法身份赴会，只要是泡在会上，吃会喝会拿会的都该是"会虫儿"，有时合法的"会虫儿"比非法的"会虫儿"并不能光彩到哪儿去。

呜呼，"会虫儿"！

2004 年 5 月 12 日西安太阳庙

虫 子 吉 祥

　　常识告诉我们，人类聊以果腹的唯一途径，是吞食动物的尸体和植物的籽实。但媒体传来的消息，让人感到胃袋一阵阵倒海翻江，因为动物尸体的可靠性受到怀疑。吃牛肉可能传染疯牛病；吃猪肉，不仅被大量注水，病猪肉的阴影总是挥之不去；来一餐狗肉火锅吧，回家去恐水、怕风，一查，狂犬病。好吧，我们吃鸡吃鸭，却也不保险，饲养场给鸡鸭喂食了过多的激素；男孩吃后，乳房可能发育成大姑娘的模样。又听说鱼塘主用避孕药喂食黄鳝，要使黄鳝们发奋努力地长身体，这样的黄鳝肉吃了，不啻让人断子绝孙……这就有了一首民谣：吃四条腿的不如吃两条腿的，吃两条腿的不如吃一条腿的，吃一条腿的不如吃不长腿的（一条腿的是谓蘑菇，不长腿的是谓蔬菜）。那我们就吃蘑菇和蔬菜吧！忽然又传来消息，蘑菇蔬菜也被怀疑了。蘑菇是化学肥料催生的，蔬菜上喷洒了剧毒农药……啊呀呀，这可让我们人类用什么来充饥呢？

提着菜篮出了门，心里七上八下，实在没个底。在菜市场转悠着，撞着了一位女同事，"买菜呀？"一声招呼，就跟着她转了，看她选什么样的菜来买。这一看我忍不住想笑，她的两只眼睛老是觅着菜叶上的虫眼。这样的菜当然不是有意识地"躲"，实在是有虫眼的菜蔬太少了。她在一家红是红，白是白，绿是绿，所有蔬菜都水灵灵上眼的菜摊前停下了脚步问话了，她不是先问价钱，而是问摊主："你这菜打过农药吗？"摊主一迭声说没打药。"没打药这菜叶上怎么一个虫眼都看不到呀？"女同事怀疑地弯下腰，仔细看着那鲜鲜脆脆的一堆菜，看了上边，还翻过来看下边，看了一会儿却摇摇头，直起腰又到别处看去了。

曾几何时，人类对虫子是有着一种深深的偏见，尤其对食物而言，别说看到虫子，就是看到有虫眼的东西，也是要丢掉的，甚至怀疑有虫子爬过，也会一阵阵作呕。虫子，几乎所有的同类，都成了人类的眼中钉肉中刺。而现在，人的观念发生了变化，竟自觉乐意地与虫子分享菜蔬、水果等食物了。

这是一种进步吗？我一时还无法判断。过了一些时日，相继从报刊上发现上海、广州、北京，乃至新加坡的人都是这样选择菜蔬果品，这我才完全放下心来。特别是新加坡一位姓谢的主妇还撰文说明：目前化肥、农药被广泛应用，我们选购菜蔬水果时，应采取审慎的态度：一是要尽量不吃那些非时令的水果菜蔬，它们不像纯天然条件下生长的叫人放心；二是买水果菜蔬时，那些有点儿小虫眼的，反而给人安全感。

虫子吃过了的才是可以吃的，才是叫人放心的。身为万物之灵的人类，终于放下自己的臭架子，亲近虫子，不嫌虫子的嘴巴脏了。

但我们不应忘记，人类对虫子的不友好态度，是持续了很长一个历史时期的。不知从什么时候起，人类厌恶虫子，敌视虫子，甚至把这一仇恨的理念融入了自己的遗传基因，一代又一代人，几乎都是从一生下来就走上了与虫为敌的道路。不难发现，一个还在蹒跚学步的小女孩儿，面对虫子，也会眼神陡变，一脚把虫子踩死在地上。更有一类人，从生到死，所进行的工作就是消灭虫子。经他们一代又一代地努力，一种又一种让虫子灭亡的方法被发明出来了，一种又一种让虫子尸横遍野的毒药被研制出来了。

问题恰巧就出在了这里，聪明的人类用发明危害虫子的时候，也危害着人类自己。为此，我们不得不说，人类以虫子为敌的想法和做法是愚蠢的。事实上，人类为此已经付出了沉重的代价。那些年复一年喷洒到地里的杀虫剂，已经把人类的生存环境毒杀得伤痕累累，使供养人类的食物变成了防不胜防的毒品。所幸有勇敢的虫子为人类挡箭，使人类免受更大的伤害。如此，我们能不感谢虫子吗？让我祝福可爱可敬的虫子：虫子吉祥！

无法忘记的是，在20世纪末的日子里，媒体和人的口传中，"千年虫"这个词儿是很吓人的。西方的科学家们为世界描绘了一幅可怕的画面，因"千年虫"作祟，在2000年到来的最初几个小时：灯光熄灭、自动取款机失效、移动电话打不通、有线电视雪花一片……特别严重的是，电力供应将会随时中断，世界会陷入一片混乱！

然而事实并非那么恐怖，2000年还是平平安安地过来了。后来不甘寂寞的科学家预测又闹起了"闰年虫"（2000年为闰年），也过去了。只听说日本的什么行当出了一点点小麻烦，而我们的世界还是那个世界，地球还是那个地球……

"千年虫""闰年虫"这些科技化的虫子，人类也有了灭除的方法，可对另一类虫子，好像就十分的无奈，显得黔驴技穷。这虫子就是销声匿迹了很长时间的"斗蟋蟀"，到如今旧曲翻新声，还被时尚人士取了非常时尚的名称：虫经济。

读了点历史的人都知道，俗名促织的蟋蟀，旧时可是很有些身份的，为达官贵人纨绔子弟的宠物，甚至森严壁垒的官苑之中也"尚促织之戏"。宋徽宗在这件事上就做得十分荒唐，当了金人的俘虏，离宫之时还忘不了带走他的爱虫—— 一只金刚蟋蟀。文学大家蒲松龄不知是有意为之，还是无意为之，在他的《聊斋志异》中，写了一篇《促织》的奇文，对此现象进行了无情地批判。

人们不禁要问，贡品中敬奉蟋蟀做什么？一不是为了吃，二不是为了穿，唯一的用法：玩儿。深宫中人，锦衣玉食，百无聊赖，只有玩儿，斗鸡、斗蟋蟀，是玩儿中的几个花样。后来斗鸡日渐衰落，而斗蟋蟀的风尚日盛一日，不仅内宫之中斗，民间也斗起来了，斗得风风火火几百年。山东作家赵德发在他的一部长篇小说中，就用了好几章的篇幅，写了农村两个愣头小伙儿斗蟋蟀的事，这两个民国年间的人物，因为斗蟋蟀结下了仇怨，害得两家折财不算，还搭进去了几条人命。

突然就看到一篇报道，说是蟋蟀这小虫虫成了山东宁阳发展经济的一个新产业。其地三十余华里的蟋蟀市场，到旺季时交易者达数万之众，日交易额数十万元之巨。当地农民闲时捕虫，月收入 5000 多元。京津沪三地"虫迷"，每年来这里吃住行加上"虫贸易"，少说得扔下三五个亿。

1999 年的一只"虫王"竟创下 1.8 万元的天价。

　　据说此地所产蟋蟀"色彩艳丽"，有"江北第一虫"的美誉。读者朋友，这样的字眼蹦进您的眼睛，想来使您受刺激了。但您千万别动心，因为那个颇具艺术色彩的说法，带有"虫迷"们心理上本能的夸张。如果真有五彩斑斓、闪光发亮的蟋蟀，也不失有点观赏价值。可我们大家谁没有见过蟋蟀？蟋蟀在别的地方，就只是蹦蹦跳跳的褐黑色虫子，到了你那个地方，就不一样了，就五彩缤纷、绚丽多姿了？真是一派胡言，这样的蟋蟀肯定不是蟋蟀，因为昆虫学家已有定论，天下蟋蟀虽有种属区别，外观却千种一色，都是黑黑的一个颜色。

　　为什么"虫迷"眼中此地的蟋蟀色形就五彩斑斓呢？问题就出在那个"迷"字上。人一旦迷上了什么，咋看都漂亮，鸡婆能成为凤凰，丑妇能成为美女，是所谓"情人眼里出西施"。那么"虫迷"如此迷蟋蟀为了何来，千古流传下来的恶习：斗！仅仅用来一"斗"，倒也不伤大雅，但谁会花了巨资，只为在"斗"中博得同好者一乐？这就是说"斗"的最终目的都是为了赌，而赌的唯一目的就是获取更大的收益。因此看来，"虫迷"眼中光彩绚丽的不是蟋蟀，而是因"斗"为"赌"哗哗流淌的钞票。

　　有花花绿绿的钞票鼓胀着腰包，这就"斗"起来了，

"赌"起来了。有媒体披露,多有地方斗蟋蟀赌博成风,赌注亦高得惊人。在津门,有一只骁勇善战的蟋蟀,斗遍赌友无敌手,为其主人赢下了巨额财产,主人因它殊死搏杀,开上了进口豪华汽车,住上了独门独院的豪华别墅。季节变换,英雄一世的蟋蟀死了,伤心得主人涕泪交流,久丧七日,待到定做的金镶玉棺盛殓了已成僵尸的蟋蟀,把其厚葬在别墅里的一株常青松下,并率全家志哀,鸣响汽车喇叭 30 分钟。

如此畸形的心理和畸形的做法,我们只能无奈地告诫发财心切的"虫迷"们:你可为"虫"而迷,而绝不能为"虫"而发疯发狂。不知道那位花 1.8 万买下"虫王"的人,是赌赢了,还是赌输了,都应该清醒过来,以常人之心识虫子,待自己。

"虫经济"批判,最根本的是要批判简单两画的我们"人"。

2004 年 5 月 23 日西安太阳庙

乌鸦的智慧与蠢傻

近一期的《作文报》选了我的一篇文章，发出来又做了多角度的分析。朋友告诉我消息后还复印了一份给我，我才知道选的是我在《小品文》杂志上发的那篇《暗香浮动的茶叶蛋》。说实话，几位作者的分析文章对我是很有启发的，对我重新认识我的作品提供了多种可能。

正在他人的分析文章里思索着，却接到《美文》下半月刊编辑的电话，约我就今年的高考作文谈一些看法，我应了下来，顺着茬儿就说一些吧。

各地的高考作文题都不一样，我所在的西安地区，用的是一个关于乌鸦学习老鹰抓羊的寓言故事，要求考生写一篇作文。应该说，这个命题是有水平的，在貌似单纯的背后，蕴藏着太多发挥的可能，是够考生用心想象，写出一篇别具一格的美文来的。

亲爱的考生，你是怎样审题，又是怎样作文的，我不知道，但以我的理解，咱们不可拘泥于一个方向，按照一个模式作文。

譬如，我们可以很正面地入笔，写出乌鸦的梦想，和它实现梦想的勇敢和无畏。因为我们知道，乌鸦是鸟类中最有智慧的一个物种。《乌鸦喝水》的故事不是故事，事实是乌鸦本身有那个智商，瓶子里有水，它喝不到口，就叼来石子投入瓶子，使水位升高，它就能喝到水了。

智者乌鸦，在它的同类之中，也许只有它才有这样的智慧。鸟类研究家的研究成果表明，乌鸦能够制作简单的工具抓取食物，甚至还能够将一段直直的铁丝弯成钩子，把食物从管子里钩出来。除了人之外，没有其他动物（包括灵长类的猴子和人猿）能够解决如此复杂的问题。此外，鸟类中数乌鸦的叫声最丰富，大约有三百种之多。乌鸦所筑的巢穴，也是其他鸟儿所望尘莫及的，如人类修筑的高层楼宇一样，高者竟达七层以上，而最令人惊讶的是，它还具有与人一样的记忆功能。所以说，乌鸦是不可貌相的，它生得黑，黑又怎么了？在人类社会里，黑色是永远不变的流行色。

什么"乌鸦头上过，无灾必有祸""天下乌鸦一般黑""乌鸦叫丧""乌鸦嘴"等等有辱乌鸦名节的说法，都只是一种外在的浅薄，绝对是不能当真的。

勇者乌鸦，它也许知道普罗米修斯活着的意义，就是为了人类过上幸福的生活，于是，他不畏牺牲，冒着触犯天条的危险盗取火种，而不幸被天神宙斯锁在高加索山的悬崖上，受尽折磨而不改初衷。有这样的榜样，乌鸦还有什么可畏惧的，它行动起来，像只雄鹰一样去抓羊。当然，它可能也会失败，甚至会牺牲了自己，那又有什么可惜呢？它把自己的生命已经交给了一个新的尝试，一个新的开拓。试想，如果没有它这一只乌鸦去抓羊，大家都不思求变、麻木平庸，心甘情愿地在腐肉堆上延续传统的生活，那该是多么可悲呀！这只乌鸦勇敢地站出来了，它势必赢得群鸦的尊敬，而历史也会记下它，尽管它准备得不是很充分，使它的壮举缠绕在柔韧的羊毛上，让它饱受痛苦和折磨。

生命可以平凡，但不能平庸；生命可以很短暂，但不能不探求，即便是失败的、痛苦的探求，不也正是一种积累吗？经验是在积累中成熟的……可敬的乌鸦，相信你的冒险和探索，升华为鸟类一个普遍的智慧时，你就会享受永远的崇仰与膜拜。

为乌鸦的壮举喝彩，这应该是一种作文方向，但不是唯一的方向。考生还可以反其道而行之，写出乌鸦的悲剧精神，让乌鸦知道，你只是乌鸦，不是雄鹰，你的明知不可为而为之，只能是自取其辱。

　　脚下是滚滚激流，勇者无畏的一跃，便会成就飞瀑的一次壮怀激烈；

　　前面是绝壁悬崖，勇者无畏的升攀，便会成就历险的一次梦想升华；

　　……

　　是啊，只有无畏的勇者，才可以鱼跃龙门，精卫填海，愚公移山……鹰天生是这样的勇者，它在选择自己的生活环境时，也总是按照勇者的意志，挺立在人烟不能所达的峭崖之上，迎着寒风飞雪，迎着雷电暴雨，展开它雄健的翅膀，高高地翱翔在飞雪雨暴里……食肉是它的本能，而且绝不食腐肉。突然，一只肥硕的绵羊映入它的眼帘，它俯冲下来，只是轻轻地一扑，就把羊抓了起来，变成它口里的一顿美味。

　　乌鸦躲在一棵树上，透过茂密的枝叶，目睹到了鹰的勇猛和壮烈，感受到了鹰的雄浑和苍劲，它的思想开了，我怎么不能学习鹰呢？而它的肠胃告诉它，鲜肉比起腐肉来，味道不知要好多少倍。于是，它学着鹰的姿势一次次地俯冲，一次次地扑腾，它是坚韧不拔的，正所谓：学贵有恒。经过一段很长时间的自我训练，乌鸦自以为像只鹰了，但它不能忘了，它永远都是乌鸦，本质上乌鸦不可能成为鹰。

悲剧由此而生，第一次俯冲抓羊，便落了个自投罗网的下场。

成语故事中所讲的"邯郸学步""东施效颦"就是这个道理。就是说乌鸦先得知道自己是什么，千万不敢把自己忘了；否则学到最后，什么也学不来，还把自己给丢失了。人家是鹰，你是乌鸦，虽然都是长着翅膀的鸟类，却是不好比的。就像人们嘴上说，面是面，米是米，两个不能放到一块儿比一样，天生如此，比是没法比的。譬如拖拉机和飞机，烧的都是燃油，也都是人在驾驶，谁还能把拖拉机开着飞到天上去？谁又能把飞机开着在高速公路飞跑？不能吧，那就好，就要有个自知之明，别做盲目攀比效仿、不自量力的蠢事。

雄鹰抓羊叼兔，那是因为它有这个本事和能力，再大一点儿的老虎和熊，老鹰能抓能叼吗？不能。退而求其次，就是一头牛一头驴，英勇的雄鹰也是抓不了、叼不了的呢。

鹰也有自己的局限，何况乌鸦乎。它是太悲哀了：悲就悲在忘了自己是个什么"鸟"；哀就哀在它不了解自己所处的外部环境。一知半解，便盲目效仿，注定只能是一次惨痛的失败。

乌鸦的失败，给我们的启示是：人必须明了自己的角色定位，知道自己能吃几碗干饭，可不敢吃多了撑着自己，吃少了饿着自己。若不然，昏头昏脑地一番蛮干，今日学鹰，明日学鹰，学着学着失去了自己，落个乌鸦的下场，岂不是太伤自己了吗？

考生朋友，我这么"正"一说，"反"一说，来说这道高考命题，说得自己是不满意的。原因在于，我不想以自己的理解，给同学们扎起一道篱笆，束缚了同学们的想象，那我不也成了一只可悲的乌鸦，既害了自己，还要害了大家。

我把我对这道高考作文的看法和我的女儿吴辰旸做了一番交流，我得诚实地说，文中的许多观点，是她提出来的。我相信慧聪智盈的考生朋友，会有更为精彩绝妙的想象和理解，做出更为神思奇诡的作文来。因为我的女儿像他们一样，也是一个考生，而我平时和她交流的，无非也就是这些。

2006 年 6 月 25 日西安太阳庙

孩子是一所大学

　　突然就做了爷爷，这使我的一位张姓乡党，有了一种莫名其妙的慌张，他打电话给我，要给他的孙子做个"百日"宴，让我到时一定赴约，给他孙儿添些"福"。这没说的，我们老家习俗如此，便是我们读书读进了大城市，来来往往，依然倚着老家的老例儿走，这就走得我们乡谊十分的近，十分的亲。可是我听出了他电话里约我的慌张，我便不由自主地回了他一句话，给孙儿做"百日"好哇，你慌什么？

　　张姓乡党对此是不觉得的，他吃惊于我的问题，给我说，我有什么慌的呢？我没有慌，我是高兴哩！

　　得了孙子高兴，这是人之常情，我不好在电话里与张姓乡党斗嘴，这便收了电话，准备着参加他孙儿的"百日"宴了。我想我是该给他孙儿写一副对联的，近些年来，这成了我的一个习惯，大家行门户，送的都是红包，我送的都是一副手书的对联，红白喜事如此，小儿新生亦然如此。那么，我该给张姓乡党的孙儿写个什么样的对联呢？略做思忖，我即展纸泼墨，写下这样一副七言联：

日照玉阶熊入梦，花开绮阁燕投怀。

熟悉联语的人知道，这是一副贺人生子的传统对联。上联的"玉阶"，泛指登堂入室的台阶，而"熊入梦"之说，则取之古人以梦中见熊而生男的意向，恭贺人子日后将会飞黄腾达，光宗耀祖；下联的"绮阁"，不难理解，所指无非装饰华美的住所了，所谓"燕投怀"的典故，是为唐玄宗时的名相张九龄，他母亲在孕育他时，梦中有一玉燕自东南飞来，投入怀中，而后落生了他一个大学士，其意与上联异曲同工，都是嘉言美语一类的颂词。我墨写出来，把这个联句带到张姓乡党为孙儿筹办的"百日"宴上，给他和一众宾朋展读了出来，让大家一哇声地热捧了一会儿。

张姓乡党从我手里来接那副贺联，他的表现，亦然十分慌张。

好像是，做了爷爷的他，把他的慌张还传染开来，使他的夫人也慌张着，而更慌张的，则还应属做了爸爸妈妈的两个年轻人，他们怀抱着自己的骨血。那个粉粉嫩嫩的，几乎连眼睛都还睁不很大的小生命，完全是一副手足无措，手忙脚乱的样子。

孩子是一所大学！此时此刻，这个我不能忘记的命题，倏忽明晰在我的头脑里，逼迫着我，是要有点自己的阐释了。

两个年轻人的婚礼，因为张姓乡党的缘故，我自然是参加了的，而且作为嘉宾代表，还为两个年轻人上台证婚祝贺。我清楚地记得，我的祝词是说，婚姻是一所学校，不论新郎、新娘，有了大学本科文凭，还是大学硕士文凭，走进婚姻，就是走进了另一所学校，这就是两人的生活学校。这所学校没有学制，也没有一个标准的校规。这所学校的特点是：一千个两人的世界，就有一千种样态；一万个，十万个，二十万个两人世界，同样地也就有一万种，十万种，二十万种不同的样态。怎么读，是婚姻生活中两人自己的事，读好了，家庭和睦，百事平顺；读不好，就难说了。

不过，我对婚姻这个两人的学校，描绘了一幅令人向往的图景，那就是两个人生活着，有了自己的孩子，孩子是一个象征，象征年轻的夫妻，很幸福地获得了一个毕业文凭，就是说婚姻的双方，一个获得了"爸爸"的学位，一个获得了"妈妈"的学位，下来还得继续努力地学习，而这个学习的历程将会更长，更为艰巨。

在两个年轻人的婚礼上，我点到为止，就只说到这里，他们现在有了自己的孩子，他们的父母自然地又都有了自己的孙子。这个出生百日的小生命，只会哭，还不会说话，只会皱眉头，还不会展笑颜的小家伙，让有了"爸爸"学位、"妈妈"学位的人，没有商量，甚至没有多少准备的，一下子又跨入了另一所学校，开始一场更持久、更艰难的学习。

怀里抱子孙，方知父母恩。流传于民间的这句话，最能说明这一场学习的功能了。

自己的怀里，没有抱上子孙的时候，我们或许也知道爱，或许也懂得爱，但还不能说我们会爱。爱不是嘴上一说那么轻松，爱是要付出的，付出时间，付出心血，付出我们应该而且能够付出的一切。孩子要吃奶了，我们需要把奶煮热了给孩子吃；孩子尿了，我们要把孩子的尿片儿换下来，洗干净了晾干，再给孩子用；孩子半夜不睡，又哭又闹，我们需要陪着孩子，抱着孩子，把孩子哄睡着了我们再去睡，而且还不能睡得太踏实，时刻保持警惕，想着睡着了的孩子是不是又尿了？是不是又拉了？孩子咳嗽一声，我们心惊十分；孩子发热一度，我们心焦十度。我们抱着孩子，不论冬天夏天，不论黑天白天，不论刮风下雨，不论雪飘霜降，我们一刻都不能迟疑，抱起孩子，就要往医院去，吃药打针，针扎在了孩子的身上，但却疼在自己的心上，药吃进了孩子的嘴里，同样会苦在自己的心头……在养育孩子的问题上，我们什么都不会，什么都不懂。因为有了孩子，我们必须学习，学习做一个合格的爸爸，学习做一个合格的妈妈。

我们爸爸做得够格吗？

我们妈妈做得够格吗？

好像是，并不能由我们自己说了算，能够发给我们合格证的，只有我们的孩子。因为孩子，是他们降生到这个世界以来，自觉不自觉建立起他们自己那所学校唯一的校长。

孩子教育爸爸妈妈的方法有两种，一是哭，一是笑。哭哭笑笑的孩子教育着爸爸和妈妈，爸爸和妈妈也教育着孩子，爸爸妈妈能否死而瞑目，就看爸爸妈妈向孩子学习到了多少！

我这么恭贺我的张姓朋友，其实也是在恭贺我们自己。因为我们家里，在学习的问题上，不论妻子或我，都自觉以我们的女儿为校长。在她小的时候，她哭了，我们挖空心思揣摩她为什么哭；她笑了，我们又挖空心思揣摩她为什么笑。我们在女儿的哭笑里学习，并在女儿的哭笑里成长。我们自以为是女儿合格的学生，我们声气相通，我们情感相融。这或许有悖我们的传统，总是坚持家长教育孩子，而排斥孩子教育家长，以为前人的一切都是对的，都是需要孩子学习的。岂不知，作为前人的家长，也有自己的缺陷，也有向孩子学习的必要。我们家，我是一个老顽固，因为有这样的一个家庭制度，使我受益匪浅。如今，我年逾六十，依然自觉向我的女儿学习，她使我的思想不至于老化，她使我的意识不至于老化。

我感谢我的女儿，我甘于是她一位学而不倦的老龄学生。

2013 年 4 月 14 日西安曲江

聆 听 天 籁

　　月亮笑了！小时候，爷爷这么给我们说，但我们谁又听见了月亮的笑声？

　　星星哭了！小时候，奶奶这么给我们说，但我们谁又听到了星星的哭声？

　　我可以肯定地说，我们没有谁听得见月亮的笑声、星星的哭声。然而，我们相信着爷爷和奶奶的话，相信月亮会笑，相信星星会哭，而且坚信那就是世间最美的声音，也就是我们所说的天籁了。因为小的时候，我们在乡村，没少经历那让人揪心的时刻，特别是乞巧节的傍晚，小孩子们会在老爷爷、老奶奶的唆使下，敛气静声在葫芦架下，或是打麦场上，聆听月亮的秘密，和星星的隐私。我不知道，我们那时，有谁听到了月亮的秘密和星星的隐私，但在老爷爷和老奶奶故作正经地问我们时，我们又都高深莫测地点了头，所以就还对于月亮笑、星星哭的事情，神秘着，隐私着。

不过呢，有一些堪比天籁的声音，不用我们太费神，不用我们去神秘，也是很容易听见的。那便是虫鸣和鸟叫了。

喳喳喳喳，那是麻雀的恬叫了；

咕咕咕咕，那是扑鸽的低唱了；

咯咯咯咯，那是喜鹊的轻吟了；

……

还有啄木鸟、白脖儿、算黄算割等等飞翔在乡村里的鸟儿，没有一种鸟儿的叫声，不像歌唱家一样美妙。此外加上虫子的鸣叫，就更惹人。身在乡村，仿佛就处在一个轻音乐的舞台上，随时随地，都会被那天籁一般的声音所包围。

可是，我们中的一部分人，从乡村走进了城市，住上直插云端的高楼。那宽阔的大马路，还有水泥浇筑起来的高楼，森严地隔绝了我们与鸟儿和虫子的联系。我们住在整洁漂亮的大楼里，抬头看不见天上的月亮、星星，低头听不见虫鸣、鸟叫。这样的结果，对我们渐入老境的过来人，虽然也是一种遗憾，但还不算缺失，因为我们经历过了。我们也想让我们的孩子也能有所经历，但我们无能为力。在摊大饼一般越来越大的城市里，就只有让我们的孩子缺失着。

我倒没有特别注意这些，而是我的妻子，不想她的女儿对于那天籁般的事物有所缺失。

妻子逮住机会，就要陪着女儿到公园里去。我们居住的地方也有这个便利，历史上的贡院，现在的儿童公园，就在几乎一墙之隔的地方。妻子带着我尚且幼小的女儿，追着三月桃花的明艳，五月蔷薇的灿烂，七月紫薇的芳香，九月秋菊的烂漫，到儿童公园里去，追逐翩翩飞转的蝴蝶，捕捉四处飞蹿的蚱蜢，以及爬在椿树干上的花媳妇，粘在桑树叶上的天蛾虫……这让我大为庆幸，不算很大的儿童公园，因为妻子的着意引领，使我的女儿在她的成长过程中，通晓了许多东西，知道何为"化作春泥更护花"，也听懂了"寒蝉凄切"，以及蟋蟀的暮年之歌。

女儿大学毕业，就要出国留学了。我夜不能寐，心有所想，尽是这些鸡毛蒜皮的事情。但我以为，我是该把这些鸡毛蒜皮记下来的。原因是，一个人的成长，鸡毛蒜皮是最真实的。

因此，还有一些事，倏忽鲜活在我的眼前，使我不能不再加几笔而记之。

那是女儿和我们夫妇回乡村省亲的日子哩。三夏过后，乡村到处一片麦香。我们回到女儿在扶风原上的姥姥家，姥姥家头门上的洋槐树里，不知钻进了多少知了，在炎热的天气里，合唱着一曲没完没了的歌曲。再还有几只蚂蚱，关在一个麦秆儿新编的笼子里，挂在姥姥家的窗棂上，和着知了的嚣叫，也是一声长过一声地吟唱着；……在这样的环境里，女儿的眼睛和耳朵是不够用了，她一会儿去数树上的知了，一会儿又去数蚂蚱笼子里的蚂蚱。她正兴高采烈地数着，却见一只碧翠的小青蛙，从门口的一汪渠水里爬出来，趴在了一丛草团上。这个发现，让女儿更是兴奋不已，她放弃了数着的蚂蚱和知了，追到青蛙跟前，张开双手，要去搂抱青蛙了。她一边作势去抱，一边还给青蛙说，宝宝好，你来让我抱抱你。

我听到了女儿要抱抱青蛙的声音了，我感觉那是不输任何天籁之声的表达了。现在想来，女儿不仅积累了丰富的书本知识，而且还具备了较高的情商，以及一双发现生活之美的眼睛。这是与妻子引领，甚至纵容女儿亲近自然、热爱自然所分不开的。

聆听天籁，其实就是聆听自然。

2013 年 6 月 19 日西安曲江

说话与听话

　　还别说，人人都有一张嘴，除了吃喝，就是说话。在吃喝上，有人味重，有人味淡，有人好辣，有人好甜，是很不一样的。所谓"巧厨子难调众人口"，讲的就是这个道理。但这是不伤大雅的，而且也不会伤人。说话就不一样了，会说不会说，结果截然不同：不会说了，一言既出，撞得墙倒房塌；而会说了呢，阳光灿烂，皆大欢喜。

　　我就感到一些人，话说得真是绝。

　　不是我自夸，我的女儿就是个会说话的人，她和我的几次闲扯，把我说得就极服气。现在女儿在大学读书，寒假回来，朋友的女儿出嫁，吃罢喜宴往回走，我对女儿说，你出嫁时，爸说不定会哭死呢！我女儿笑了笑说，别是我嫁不出去，你才要哭死呢！如此一针见血，我还能怎么说？回家后默默地去了书房，翻开一本杂志，随便地看着。女儿跟了进来，给我又说了一句话，她说，你如果乐意作我的嫁妆，我出嫁时，你不会哭，我也不会哭。

女儿人小鬼大，在我们家，活宝一个。一次回家坐到沙发上，我感觉到把女儿的脚压住了。她不等我抬屁股，自己已"哎哟，哎哟"地叫上了，她说：爸爸，你的屁股踩上我的脚了！

一个"踩"字，被女儿用得真是叫绝。

女儿这种叫绝的话，写出来不知要消耗多少笔墨。那么，就此打住吧，因为我想写的是另一个人，这也是个很会说话的人。

这个人是我女儿敬重的叔叔穆涛，他们两个有过几次短暂的交往，其中就有一些非常使人难忘的对话。不过，我仍然不想在此用工夫，我只想说一说很会说话的穆涛。

我比穆涛年长10岁，但我发自内心的，把他视为我的老师。我所以二次走上文学的道路，没有他的鼓励和帮助，几乎是不可能的。与他相熟，起先是我写的一些民间碑刻的随笔，受了他的鼓动，我写了近一百篇，后集书一册。书成之日，朋友们一起喝酒，他端了杯酒敬我，还说他有一句话相赠。他说了，老兄，你的故乡出土了那么多青铜器，你该写写它们了。这句话成了我们的下酒菜，我们仰起脖子，都很豪迈地把酒灌进了肚子。他这一说，只是一杯酒的时间，而我为此，付出了一年半的光阴。在广州的《随笔》杂志开设专栏，写了三十来篇关于青铜器的随笔；2009 年被紫禁城出版社结集为一本《青铜散》的书，出版后，很受市场青睐。

穆涛的话说到了要害上，我乐意听他说话。

在我的枕边，放着他的新书《散文观察》，有他这本书伴我入眠，我睡得是很踏实的，当然也还有梦要做。有好多次，就梦到他书里的话，都是我入睡前，读得会心一笑的句子。

譬如：人格中怕的是虚伪。伪是容易看出来的，不需要讨论，人见人憎。但虚是需要认识的，散文写作里的虚，更需要认识。

还譬如：文学在实验室里，正如文而不化不是真的文化人一样。散文的手法要有突破和创新，更要有尘世感，一只脚可以云里雾里地摸索，另一只脚要踩到实地。

有此两段话可以了吧，我不能把穆涛的书全抄出来给大家读。仅此我们该知道他是怎样一个人了。他说的都是人话！我在认真地听着，也在认真地实践着。

2012 年 8 月 18 日西安曲江

戏 泥 弄 瓦

　　习惯的说法是：秦代有了砖，汉代有了瓦。实际是西周时期，就有了砖和瓦的，这在周原遗址的考古发掘中，已经有了多次的证明。我到扶风、岐山的周文化博物馆去参观，在陈列有序的玻璃展柜里，就有质地古朴的砖、瓦展品，在明亮的射灯照耀下，散发着黛青色淳厚醉人的光彩。

　　自小生长在周原遗址上的我，触目所及，两面滴水的架子房，单面滴水的厦子房，高高的房顶上，遮盖着的，全都是一色儿的小青瓦。与博物馆展出的青瓦相比，只有长短和宽窄的区别，质地和形制就全没了丝毫的变化。因此，我还曾经感叹：姬姓王朝改了刘姓，刘姓王朝又改了杨姓、李姓、赵姓、朱姓、爱新觉罗氏姓，而那屋顶上遮风挡雨的小青瓦，却千百年不改，世事在这里，进化得也太缓慢了。

缓慢不是问题，证明我们祖先的发明，具有持久的生命力。

可是有一天却忽然就成了问题。

读初中的女儿一天问我：青瓦是什么样子？

我努力地给女儿描述着，又是比画，又是说道。女儿还是不得要领，弄不清青瓦的样子。我便很不耐烦地说：等有空儿，爸带你到乡下看去，看了你就知道了。

我们生活的城市，现在只有钢筋水泥浇筑起来的楼房，四四方方的样子，太少变化了。高也好，低也好，大也好，小也好，都是一个大平顶；油毡一层，沥青一层，反反复复地覆盖着，就很防水了。钢筋水泥的楼房，排斥着小青瓦。传统的小青瓦从现代化的建筑上，无法回避地被赶下了屋顶，渐渐地在珠光宝气的城市视野里消失了。

农村应该还有小青瓦盖顶的传统民房吧，抱着这样的希望，选择了一个周末的日子，我和女儿回到西府农村的老家。

汽车在高速公路上飞驰着，我的记忆也如飞驰的汽车，在大脑里飞速旋转着……旋转成了一个人力转动的木质转床。制瓦师傅把醒在暗窑里的红胶泥，很知分寸地竖起一道泥墙，一根细细的钢丝绷在竹弓上，有所限制地在泥墙上砌出一片恰到好处的泥坯，双手捧了，竖贴在转床上的瓦桶上，这就操起两个带着把儿的木质瓦拍，一边手里握一个，啪啪啪，啪啪啪……在悠悠转动的转床上很有节律地拍打着瓦桶上的泥坯。转床百圈千圈地旋转，瓦拍百遍千遍地拍打，直到把泥坯拍打得筋了、熟了，提着晒到太阳下，半天时间，待桶瓦半干不干，收回暗窑，如桶一样的圆形瓦坯，里子上，早有四条制坯时压上去的刻线，举手轻轻一拍，圆圆的瓦桶，一分为四，积攒得多了，就又装进烧窑里，十天半月的一场好火，再慢慢地用水在窑顶饮了，起出来就是一窑上好的小青瓦呢。

少年时的我，曾着迷地看过制瓦师傅的手艺，而且还很着迷地看过造屋师傅，在新造的屋顶上，抹了麦草泥，一行行的，把小青瓦鱼鳞一般，叠压在新房顶上。小青瓦的造型是简单的，造屋的师傅给房顶苫瓦的手艺也是简单的。讲究的是简单的小青瓦苫得合苫成行，形成瓦垄。需要美观时，还可在前檐滴水处镍上有花纹的瓦当。

屋子盖得久了，瓦片由灰变青，瓦垄里还会生出好看的瓦松苔儿来，配上高墙、门楼，差不多就是殷实人家的象征了。在春季的头一场雨后，瓦松苔儿起身了，蓬蓬勃勃地生长着，直到冬季的头一场雪，又枯萎下去。在此期间，肥肥胖胖的，带着点酸、带着点甜的瓦松苔儿，是农村孩子的一道口福，小孩儿是很馋那瓦松苔儿的。他们会躲开大人警惕的眼光，悄悄地爬上坡顶的屋面，采来瓦松苔儿，躲到背人处，招来三两玩伴，有滋有味地大吃一场。

采取瓦松苔儿，冒险是一回事儿，踩碎小青瓦是另一回事。碎了小青瓦的地方要漏雨，这便害得大人冒雨也要爬上房顶，用一块好的小青瓦，补上踩碎的那一块。

把记忆中的小青瓦，以及因小青瓦牵连出来的故事，讲给女儿听，女儿就很向往了。

遗憾的是，老家农村也不见了小青瓦。

一户连着一户，一村连着一村，原来的青瓦房舍全被拆除了，代之而起的，是雨后春笋般崛起的砖混小楼。应该说，这是乡村居住条件的一次大进化，我是高兴的，却也不免惆怅和失落。

小青瓦的问题，之于女儿是没有实物可证明了。我为女儿遗憾着，而女儿却很轻松地一笑，说：进步就是一种遗憾。

却好，有个叫余平的人不想遗憾，哪怕是为了进步的遗憾，他也要以己之力来弥补了。身为一个著名的建筑设计师，余平是有心机的，也善于捕捉和运用灵光一现的心机。他在西安高新区的一幢楼下，租了一片不小的门面，开了一个独具创意的茶社，命名了一个独具心机的店名：瓦库。

几位朋友相邀瓦库喝茶，点的是时兴的普洱。普洱茶的汤色带着时间的浑厚，暗红中加了些暗黄，质朴而高贵，氤氲着的丝丝缕缕的清气，让我们仿佛看到刚从瓦窑里新出的瓦片一样，总也氤氲着丝丝缕缕的清气，两种清气的味道各不相同，但却绝对都是醉人的。

我便醉在余平的瓦库里了。

他在装修他的茶社时，充分地考虑了瓦的元素，也充分利用了瓦的元素。不仅在室外，就是在室内，抬头都能看见瓦的妙用。窗和门上镶了瓦，墙和壁上镶了瓦，让人不禁感叹，好一个"瓦库"瓦的世界。触目可及的地方，看得见的有北方偏厚一些的小青瓦，还有南方稍薄一些的小青瓦，有机制的大红瓦，还有机制的小红瓦，有古旧的，也有崭新的……迎着大堂的一面墙上，就都挂满了那种崭新的机制红瓦，茶客来了兴趣，欲在瓦上涂抹什么，讨来笔墨，就能随心所欲地涂抹了。眼睛数着瓦片，这就看见了贾平凹、陈忠实的题词，洋洋大观，难以尽说。

余平先生也撺掇我了。恭敬不如从命，我亦欣然提笔，找了一片新瓦，写了"戏泥弄瓦"四个字。为了满足女儿的好奇，我把她也带到瓦库，让女儿难得地结识了一回小青瓦。

2006 年 6 月 16 日夜西安太阳庙

家 有 酒 鬼

　　承认自己是酒鬼，是要有些胆量才行。特别是读书人，明明自己是酒鬼，却死不承认，在人问他时，他只会虚虚地一笑，言说自己只是好点酒。这有什么好掩饰的呢？难道是，吃（故乡人的话）酒有什么不对吗？还有，烟酒不分家，吃烟呢？像吃酒一样有什么不对吗？请大家原谅我，我不是强词夺理，也不是蛮不讲理，我在许多场合为烟酒说过话。我说了，人类的所有发明，烟和酒是伟大的。

　　难道不是吗？

　　我们人，所向往和追求的理想生活，是要有些诗意的。怎样才是诗意？怎么才能有诗意？我对此没有多研究，说不出多少道理来。但我认为，自身的修养是重要的。必要的书得读，必要的事得做。除此而外，烟和酒是可以帮些忙的。譬如烟，人在苦闷时，或在思考时，点一根烟，吃一个烟雾缭绕，飘飘然腾云驾雾，岂不美哉。特别是酒，那个形似水、性如火的家伙，入口三杯，谁能不脸红耳热，诗兴大发。最著名的该是诗仙李白了，他斗酒诗百篇，佳话传千代，不仅美哉，而且妙哉。

诗意在烟雾里，诗意在酒香中。

我这么说，并不是鼓励众生，坠入烟雾中寻找诗意，沉溺在酒香中寻找诗意，去做一个烟鬼，或是一个酒鬼。那可不好，而且是很不好。我的意思是，一切都要量力而行，根据自己的身体需求，能吃一口烟，就吃它一口，能喝一口酒，就喝它一口，真的是不错呢。

把握好度，是最关键的。

我不吃烟，就把烟放在一边，留给会吃烟的人吃去。我喝酒，轻车熟路地说说喝酒的事，我不会脸红，也不怕人笑话。照家里人来说，我就是个酒鬼。因为是酒鬼，所以就也闹出了一些笑话。记得最为清楚的一次，女儿吴辰旸还小，正上幼儿园，是夜我与西安日报的几位同事喝酒，喝得高了，被同事扶着回家，一进家门，不知何故，裤带一松，裤子掉在了脚面上。女儿把我的这一丑态记在了心里。来日清晨，送女儿到幼儿园，女儿看着入园的小朋友，都牵在父亲的手里，那样一种亲昵恩爱，就给送她的母亲抱怨了，说我爸爸，喝酒喝得裤子掉在脚面上，到早晨起来，还一身的酒气！女儿的抱怨，被左右的其他小朋友以及他们的父母听见了，都侧过脸看我的女儿。女儿人小，倒不觉得什么，送她的母亲却臊得恨不能脚下有条缝钻进去。

酒鬼生涯中，这次教训是深刻的。

妻子因此逼我戒酒了。我嘴里应着她，但在酒桌上，我是管不住自己的，闻着扑鼻而来的酒香，别人不劝我，我也会自觉端了酒杯，一杯一杯地喝了呢。不过，从此再也没有那般醉过。但是身上的酒气，还是引得妻子要管我了。她说得很坚决，说我如果再喝酒，就不要进家门。

这是什么话呢？我听了只当耳旁风。

过了两日，我傍晚与几位酒友相聚，喝了一些酒。回到家门口，看见家门上挂着一件棉大衣，心想恩恩爱爱的妻子，把她警告我的话还当了真。我窃笑一下，把挂在门上的棉大衣取下来，穿在身上，靠着门板蹲了下去。

我在靠门往下蹲的时候，有意把响动弄得很大，为的是让室内的妻子知道，我回家来了，就蹲在门口上。

我很有耐心地蹲着，可能因为酒精的作用吧，蹲着还真睡了过去。睡得呼呼正香时，我感到有人往外推门（现在的防盗门，都是向外开的），推得很努力，很用劲，把我推得醒了过来，始知是导演这场家庭小戏的妻子，心里是不忍的，她要把门打开，接我回家的呢。知道了她的动机，我醒来后，死靠着门板，让妻子怎么使劲，都推不开。无奈了，妻子放弃了用劲，却也一言不发，僵持中传出一声一声低泣。这我可受不了，抬屁股起来，拉开门，自己走了进去。

今年春天的时候，湘西深山里的酒鬼酒厂，邀约了十多位作家，来为他们举办的"酒鬼酒"征文颁奖，作为嘉宾，我参加了活动的全部过程。我阅读着参赛作者的作品，并聆听着他们的酒故事，一面觉得开心，一面又还觉得好笑，想着自己的一些醉酒行状，不能自禁，书写出来，以供好酒者茶余饭后乐之。

这就是酒鬼的好了，不掩饰，不排斥，坦坦荡荡，有君子风。我交朋友，很多都是"酒鬼"，我们因酒而快乐，而且又还因酒而神仙。

2013 年 9 月 28 日西安曲江

一把棕笤帚

　　"好心瞎模样""棍棒底下出孝子"……在五大连池的财政宾馆里，细雨透窗，我从宿醉中被一丝凉津津的湿气唤醒过来。望着天已大亮的窗外，毫没来由地想起在故乡祖祖辈辈流传着的这几句话。我的父亲就是这几句话的忠实实践者，因此我的屁股和我的手掌心，没少挨父亲的巴掌与烟锅头。

　　也许是对父亲如此教子的方式不满吧，我一改老辈人的习惯，在我的孩子成长的过程中，就绝不对孩子动手动脚。过些日子，女儿辰旸就要赴美，到斯坦福大学读研，我和女儿辰旸，还有她母亲，吃罢晚饭，到小区不远处的曲江池快走锻炼。我无意挑唆她们娘儿俩的关系，只是觉得女儿即将远行，想和女儿开开玩笑，就走着给女儿说了。

　　我说：你小的时候，你妈可是没少打你。

女儿笑了笑，偏头看向她妈，也以玩笑的口气说：我妈是老虎。

接着我又说：爸可是从没打过你，而且连你个脑崩儿都没弹过。

女儿就也笑着偏过头来，依然玩笑地说：当然了，咱们邻家的女儿你也没打过。

她妈闻言，乐得几乎跌倒，蹲在地上，直夸她的女儿有才！夸过了女儿，还把她乐着嘲笑我了，说我卖乖碰着了钉子，碰出一头疙瘩了吧。

我能说什么呢？只有埋下头走路了。不过，我一点儿都不气恼，并且还开心着女儿的机智和善辩。这让我想起女儿一次"收拾"我的朋友穆涛的一件事。

那一次，我和穆涛从成都去九寨沟，上初中的女儿和穆涛的女儿，适逢假期，她俩相约，从西安也到了九寨沟。游览的时候，穆涛总要偷偷摸摸地抽一根烟，而景区的警示牌，明确规定：禁止抽烟。我的女儿想要穆涛遵守景区的规定，却碍于他是叔叔的面子，不好正面说他，就拉着穆涛说：叔叔，我给你讲个故事好吗？穆涛是高兴的，就鼓励我女儿讲。女儿就说，有个叔叔走夜路，突然发现不远的地方，有一星火光，叔叔胆小，以为是什么鬼怪，弯腰捡起一个土块，朝着火光砸了去，火光闪了闪，挪了一个地方，依然明明灭灭着。叔叔就又弯腰捡起更大的一个土块，向火光砸了去。这时，火光划了一个弧，开口说话了：不就是拉个屎嘛！你砸人家一个土块又一个土块……我去捂女儿的小嘴。是为叔叔的穆涛，愣了一阵神，接着便忍俊不禁地乐起来，表扬我的女儿故事讲得好，并且是在后来的几日游览中，再没犯违禁抽烟的毛病。

要知道，我的女儿吴辰旸，并不是个多言多语的人，然而，但凡她要开口说什么，一开口又常常语出惊人。那样的例子，太多太多，我不好去多抄袭，留着让女儿自己哪天去整理吧。

如此让人心疼的女儿，我咋能给她脸色看呢？但我挡不住她的妈妈，气躁的时候，免不了要对女儿动手动脚。我至今所能记得的，都是女儿不好好吃饭，让她妈妈追着她的小屁股，先是利诱，告诉女儿好好吃饭，吃饱饭了妈妈带你上公园，给你买花裙子，给你买糖糕……做母亲的把她能够想到的好去处和好东西，给女儿说上一遍又一遍，说妈妈不骗你，骗你妈妈是狗熊。可是不论她怎么利诱女儿，女儿就是不买她的账，闭着嘴不吃饭就是不吃饭，这让妈妈把女儿爱得一点办法都没有，于是好言变成了恶声，用威胁的方法来强迫女儿吃饭了，而女儿软的不从，硬的不惧，她妈妈就真的动起手脚来了，咬牙切齿的样子，我不在家的时候，不知是怎么结果；如我在家，就偷躲开来，任她们娘儿俩相较量了。

女儿上学到二年级了，我出差了一段日子，回到家里，妻子有点神神秘秘，还有点不好意思地拿给我一把棕笤帚。我不知其故，以为妻子是要我扫去身上出门在外的途尘，接过来就往单元门外走。妻子叫住我，让我看棕笤帚的木把儿。这有什么好看的呢？小小的一把棕笤帚，买回家里来好些年了，扫床除尘，已经很旧了。妻子让我看，我就瞥了一眼，只是这一眼，我即看见笤帚的木把儿上，有女儿写的一行字。

　　这行字是：不能用它打我！

　　女儿是用硬笔写上去的，她写得非常用力，一笔一画，就像是刀刻上去似的。我手拿棕笤帚，冲到妻子跟前，作势用笤帚的木把儿，在妻子的身上抡了一下。

　　我不知道，妻子可是感到棕笤帚把儿抡在身上的疼痛，总之，她从此再没对女儿动过手脚。锻炼后回到家里，我把还在家里使用着的棕笤帚找出来，装进一个保鲜袋里，作为一件珍贵的藏品，保存了起来。我要寻找一个合适的机会，把这把棕笤帚，作为一件家传的礼物，转送给我的女儿。

　　这个机会是女儿出国深造的那一天吗？我还确定不下来。

2013 年 7 月 16 日黑龙江五大连池

兔 斯 基

　　是种手机微信表情呢，女儿吴辰旸称其为什么兔斯基。这个简笔卡通的兔斯基很好玩，很有趣。昨天夜里，都12点了，女儿从她深造的美国斯坦福大学，给她妈用微信发来了一个。这个什么兔得意扬扬的，简单的几根线条，勾画出的模样，又是扭腰，又是摆臂，欢天喜地，不亦乐乎。她妈捏着手机的一个机关，给女儿回了一句语音微信，告诉她得意是可以的，但一定不能忘形。女儿随即又发来一只什么兔，眼泪加鬼脸，完全一副呼天抢地，委屈难耐的模样。很自然的，她妈又捏着手机的那个机关，回了女儿一句语音……这是她们母女间的游戏了，几乎每天晚上都要玩儿一阵，而我往往就在母女俩的游戏里，幸福地睡过去。

　　可是今夜，我睡不过去，这是因为母女俩的游戏，一会儿变成了一场讨论。她们讨论起中学语文教材里，删除了一些鲁迅的文章，不知好还是不好。对此，我无意参加讨论，因为在没有鲁迅和他的作品之前，中国的语文教材也许有些不尽人意的地方，但整体也是不错的。我之所以不能立即入眠，是我忽然想起，女儿在她早年中考过后，我和她妈建议她，把给她做过辅导的老师们请在一起，吃一顿饭，喝两杯酒，对辅导老师表达一下我们的谢意。然而，我们的建议被女儿一口否决了。

不满 15 岁的女儿，很漠然地说了这样一句话：有什么感谢的呢？他们辅导我学习，一分一秒，咱都是花了钱的，咱没有白学习，他们也没有白教咱。

这是个什么道理呢？我有点儿不服气，但又反驳不了女儿，策划中的"谢师宴"就只有背着女儿，偷偷地搞了两场。

隔着千里万里之遥的太平洋，女儿吴辰旸和她妈关于鲁迅在教科书上的讨论，没有进行多长时间，就又转到女儿在斯坦福的学习上了。我侧卧在床的一边，虽然没有参加她们母女俩的微信交流，但我听得明白，女儿对她在斯坦福的学习还是很自豪的。她妈妈就女儿的这一感觉，给女儿出着主意，让女儿把从家里带到斯坦福去的一些物品，挑好的，给她的老师送点儿，这对老师是一种感谢，同时又是一种很好的沟通。

对于妻子给她女儿的建议，我是大以为然的。可是传来了女儿的语音微信，说我们是瞎操心，并说她是在美国的斯坦福读书，不是在中国，在美国用不上咱们国内的那一套。我申请在斯坦福深造，斯坦福接受了我的申请，我给斯坦福交了学费，我不能再额外酬谢人家。他们认为，这么做既是对他们的不尊重，也是对咱们自己的不尊重。

国情不同啊！我和妻子就只能这么喟叹了。

在我们这里，不得不做的人情，不做就啥事都做不了；在人家那里，端的是另一种样子。是人家不尊重人情吗？我没在人家那里生活过，我不知道，倒是我的女儿接下来传给我妻子的信息，让人深刻地感觉得到，人家也是讲人情的。为女儿吴辰旸做导师的两位教授，因为辰旸的学业突出，便以他们教授的名义，来为女儿辰旸申请奖学金了。

兔斯基快速地跨越太平洋，往妻子的手机里蹿，妻子是看见了的，但她却很无语，任由女儿微信发给她的兔斯基在亮晶晶的手机屏上，百般作态，传达情感。

我是困了，翻了个身睡了过去，清早起来，翻看着当日的报纸，发现黑体标题刊载的是一条关于教师节的新闻，与这条新闻成组的，是一组链接的短文，一哇声地提议，把我国的教师节，从 9 月 10 日改为 9 月 28 日。

这一日是至圣先师孔丘老爷子的诞生日。改到这一日，应该说是意味深长的。首要的是，我们今日的世风，大体以是否富有为衡量生活的质量和标准，这对人心的伤害是巨大的。教师在这样的世风中，不可避免地也会受到影响，为了使自己获得尊重，把手中的教材变成了牟利的工具。教师的形象，因此跌落千丈，被社会舆论称为让人不齿的"眼镜蛇"。提议把教师节改为孔子的诞生日，是否有重新树立教师为人师表尊严的目的？我不知道。但我相信是无法保证的，别说改一改教师节的日期，再做一些别的事情也保证不了。

可是孔子那幅标准像，清晰地印记在我的脑海里，让我对他老人家景仰着时，女儿吴辰旸从美国斯坦福大学发给她母亲手机微信里的兔斯基形象，也顽皮不恭地在我的意识里占据了不少空间。

　　　　　　　　　2013 年 10 月 11 日西安曲江

枕边的羊儿

　　书在我身边堆成了墙，高而哉之，危而乎之，不几日就会被关心着我的妻子整理一番。她的理由很充分，怕书墙在我睡眠的时候倒下来，砸了我咋办？我承认妻子的关心是一种爱，她这一爱，会爱得我抓瞎，把我睡前正在读、准备读、乱抓乱读的书，整理得让我没了头绪。我为此告诉她，管我吃管我穿管我什么都成，就是不要管我的枕边边。我的警告没有惹恼妻子，反而把她惹乐了。

　　妻子的辩驳是这样的：你的吃你的喝你的什么我倒是可以不管，但你的枕边我是一定要管的。

　　我无奈，说：为什么？

　　妻子说：你的枕边是我的，而且受国家法律的保护，所以我必须管，不仅要管，还要管得很细、很严，不失手，不让人。

我无语，低头认输，任凭妻子来管了。

到了乙未羊年的春节，我的枕边因为一只绒毛羊儿，情况为之大变，我自觉把墙一般的书挑来拣去，搬离了一些，给我那只邮购回来的羊儿腾出一块地方，让它日日夜夜，盘踞在我的枕边，陪着我斜靠在床头上读书，伴着我横躺在床板上睡眠。

这只绒毛羊儿，小小的，浑身都如太阳般又红又亮，便是弯弯的一对犄角，就又如月亮般橙黄明亮，还有小小的嘴巴和小小的四蹄，以及亮旺旺的眼睛，黑黑白白，端的是太可爱太喜人了。绒毛羊儿初到我的枕边，就使我夜里睡了个好觉，接下来的几个晚上，我都睡得极为踏实。不过，我做梦了，梦见了我在美国斯坦福大学读书的女儿吴辰旸。

女儿吴辰旸属羊，今年是她的本命年，她离我太远了，隔着一个大得无边的太平洋。她自己努力学习，我和她妈也督促她努力学习，她努力学习的结果，把她变成了我最深刻的思念。我思念我的女儿，我没办法，就在生肖为羊的这一年，在网上偶然看见了这只绒毛羊，就很干脆地邮购了回来。

我在多种颜色的绒毛羊里，所以选择了这只红色的，说白了与我女儿的姓名有关。我姓吴她姓吴，她的母亲姓陈，她出生在辰时，谐音为陈，而这时候，恰又是太阳生成的时刻，所以又取了那个孕育阳光的旸字。女儿在我的心里，就是这么温暖，就是这么阳光，就是这么阳光。红色的绒毛羊，饱含着太阳的光色，我唯有爱，无条件的爱，无原则的爱，无穷无尽的爱了！

正月初十的清晨，太阳般的羊儿伴我从沉睡中醒来，吃了妻子给我热的早饭，坐在沙发上品茶。妻子与女儿在微信上视频了起来，我夺过手机，和女儿没老没小地瞎侃了一阵，侃着，妻子又把手机夺了去，她俩好一场长聊，聊着的似乎是关于女儿未来婚嫁的事情，母女俩聊着聊到起了冲突，妻子嚷嚷了几声，就把视频掐断了。到了下午，我又从太阳般的羊儿伴我午睡的梦里醒来，我告诉妻子，说我梦见女儿了。妻子没说话，一脸的坏笑，把她正玩儿着的手机，塞到我的眼皮下，我看到一条女儿回给她妈的微信。

女儿的微信是这样的，分九段以表情和语言为形式，总结了她和她妈相处相交的点点滴滴，既有趣，又有情，还有爱。母女之爱，让我看着，如她妈一般，坏坏地也乐了起来。

1. 在我没回家时，我妈是"亲亲"；

2. 快要回家时，我妈是"嘻嘻"；

3. 在我到家那天，我妈是"哈哈"；

4. 刚开始的两天，我妈是"呵呵"；

5. 紧接着几天，我妈是"哼哼"；

6. 又过了几天，我妈是"怒怒"；

7. 下来的日子，我妈是"骂骂"；

8. 等我要走时，我妈是"慌慌"；

9. 等我走了以后，我妈是"乱乱"。

　　一段总结性的话后面，是女儿设计的一幅母亲表情图，非常传神。最后还写了几句小跋，以网友心声的名义说，这就是我们的妈妈，情绪多变却又一直疼爱着女儿！

　　我在妻子的面前，挥舞着拳头说我女儿太有才了！我服气我女儿。此言一出，妻子白了我一眼，说我就是个女儿的跟屁虫，什么事都偏袒着女儿。我得承认，女儿长在我们身边的时候，我的确不讲道理，没有原则地偏着我的女儿，欣赏她，钦佩她，是她最铁的团伙，是她最钢的粉丝。

　　去年秋天的时候，女儿从美国回国了二十来天时间。我们家一匹马（我），一只兔子（妻子），一只羊（女儿），三位食草动物，在家吃饺子，简简单单，只有萝卜和葱花，萝卜做馅，包在饺子里，葱花炒出来，盖在饺子上，这是我们一家三宝最爱吃的一种饭食。我们香香地吃着，乱乱地扯着，不知怎么就扯到妻子在女儿小的时候如何殴打女儿的事上了。我给女儿说，你妈的手太快了，小时候可没少打你的小屁股。不像爸爸，我是护着你的，而且从没跟你动过手，就连伸出指头在你额头上戳一下都没有。

我得了便宜卖乖的话，却没获得女儿的赞同，她把嚼在嘴里的一个饺子咽进肚子，偏着脑袋把我看了好一阵儿。我不知道女儿会怎么说，还很自豪很得意地问女儿。

我问：羊儿，你说呢？

女儿说了：爸爸，咱家对门儿的叔叔你们都熟，好像是，对门儿的叔叔也没打过我，也没戳我一手指头。

悲惨吧我？从一个爸爸突变成了一个叔叔，我拳起巴掌，在女儿吴辰旸偏着的笑脸上，轻轻地捶了一拳，我要用我的拳头，找回我做爸爸的资格。

省委东小区家属院五号楼二层二号，是女儿成长的家，我们在女儿考上大学后，搬家到曲江新区翠竹园，有些旧物还保存在旧家里。春节前，我和妻子去旧家收拾东西，妻子从衣柜的背后，翻出了女儿 5 岁时画的一幅画，让我看了，好一阵唏嘘，好一阵感慨。

女儿天生会图画，她上小学一年级时，中华宋庆龄基金会联合中国文联、中国美术家协会，举办了一届中华少年绘画大赛。我女儿从学校接到通知，中午回家吃饭，向我要了一张粉帘纸，拿着小彩笔，唰唰一个圈，唰唰几条粗线，唰唰又一只洒壶，唰唰再几笔细线。画成后，歪歪斜斜地写了几个字：我给地球洗个澡。她把她的创作带到学校去，从区一级推荐，到市，再到省，最后全国性参加总评，居然让她拿回家一个金奖。奖牌和奖状，我们作为女儿的纪念品，至今很好地保存着，这是女儿的荣誉。我在西安的媒体工作，好多次发现，一些地方宣传环保时，都还不忘使用我女儿的这幅画。

可惜女儿没有坚持画画，"我给地球洗个澡"是唯一获奖并公开发表的画。下来就是我和她妈找出来的这一幅了。这个她学前时的画，用笔极端简约，她用红色画笔画出了两个人，一个是哭泣的她，背身而立，很无辜很伤心；一个是愤怒的母亲，同样背身而立，很无奈很茫然；母女俩都扎着马尾辫，女儿的马尾辫又顺又滑，母亲的马尾辫弯弯曲曲都是大波浪。女儿的精彩，再一次使我折服。我把这幅画作拿到新家来，调墨捉笔，在画上写下"虎妈传说"题名后，还写了近百字的题语，详细记录了这幅画作诞生时的背景，最后总结，母亲的爱既单纯又复杂，有时候还真在巴掌下，眼泪里。

我把题名《虎妈传说》的画，用油画的框子很好地裱起来，拿回家想要放在书房里保存。妻子却抱回卧室，像我把绒毛羊儿安放在我的枕头边一样，她把那幅女儿的画作，也安放在了她的枕边。

2015 年 2 月 28 日西安曲江

小　棉　袄

　　女儿是父亲的小棉袄。我服气这句话，并充分享受到了这句话的实惠。

　　六年前，亦即 2009 年高考，女儿吴辰旸顺利考入她想去的上海同济大学，去读她理想的土木工程。就在她准备好行囊，由我和她母亲陪她往上海赶的日子，她在一天晚上喝汤的时候，向我提出，要我陪她回一趟老家，给她辞世的爷爷奶奶祭坟，点几炷香，烧几张纸，告慰几句话。她这一说，让我不禁一愣，吞进嘴里的一口馍，也忘了嚼，两眼看着她，不相信自己耳朵似的摇了摇头。妻子看出了我的吃惊，她和事佬般捅了我一筷子，说她与女儿商量过了，就等我发话，我们三口，明天就回扶风老家去。妻子这一说，我明白了，女儿的举动，在背后导演的，是她的妈妈。

　　现在的情形是，从农村走进城市的人，逢年过节，祭祖时已经很少有人跑回乡下，赶在祖宗的坟头上点香烧纸，差不多都是在自己住家附近的十字路口，呼唤着自己的爹娘，烧一堆纸灰就算了事。习久成俗，我就这样随着大流，祭拜着我的祖宗。因此而常见清明时节、鬼节和春节时候，偌大的西安城，所有的十字路口，都纸火熊熊，燃烧出一堆一堆又一堆的纸灰。汽车轰轰隆隆地奔驰来了，刮起一股风，卷动着黑色的纸灰，飞得满天都是。

因为这个原因，猛听女儿提出回老家祭祀祖宗的提议，让我就不能不吃惊了。她妈妈的话，把我从吃惊状中抢救了过来。我恢复了吞咽晚饭的能力，一口馍，一口菜，吃得那叫一个香。我香香地吃着，夸我的女儿是乖女儿，夸我的妻子是贤能的妻子。

是夜钻进被窝，我睡了个踏实觉，没做梦，没打呼噜，像我香香地吃晚饭一样，甜甜地睡到天明。天明即起，三口人坐在一辆小车里，归心似箭地回到了扶风县中观山脚下的老家，茶没喝，饭没用，直接去了我的父亲母亲、妻子的公公婆婆、女儿的爷爷奶奶坟头，点香、烧纸、告陪，行礼如仪，来祭我们的祖宗了。

房檐水不离旧窝窝。老家人形容一户人家的家教多用这样一句话。我们祭祀祖宗的香蜡烧纸，都是妻子的母亲，在我们回来的路上准备好的。妻子的父母，也就是我的岳父母，都是明白人，处人处事那叫一个宽厚，在他们生活的乡里，有口皆碑。我们三口人要给祖宗祭扫，闻讯后他们不仅准备了所有要用的祭品，还用彩纸为我的老祖宗缝制了几身换季的衣物，有单有棉，有铺有盖，人世间用得着的日常生活所用，都尽善尽美地准备一新，让我们三口之家，在祖宗的坟头前，祭烧了好一阵子。女儿辰旸长在城里，乡下祭烧的一应礼数她应该不懂，可她仿佛领受了天谕，跟着我们，下跪、磕头、作揖，做得像模像样，一丝不苟。我不由深为喟叹，我的妻子所以至孝至礼，应该是从她父母的身上学来的。自然了，女儿辰旸如她妈一样孝道不减，应该也是从她母亲的身上学来的。

四年的大学本科毕业，女儿吴辰旸申请到了赴美国斯坦福大学读研的机会，她像她去上海读本一样，提出要求，让我和她母亲陪着她，依例回老家给祖宗上了坟。今年10月初，女儿吴辰旸又要赴英国的帝国理工读博了，像前两次一样，我们记挂着沉睡在老家的祖宗，依旧像前两次一样，电话告知岳父母，替我们准备好一应祭扫物品，回老家祭拜了我们的祖宗。

"阳婆阳婆晒我来，我给阳婆担水饮马来。马不喝，牛不喝，两个媳妇偷着喝……"祭扫祖坟的时候，我的耳畔都会响起母亲在我小时候教给我的这首儿歌。同样的是，女儿吴辰旸小的时候，也由她的奶奶给她教过这首儿歌。母亲有许多儿歌，但是她们祖孙相处的日子并不长，三年多的工夫，爱着孙女辰旸的奶奶，就离开了她的孙女。这么小的年纪，女儿吴辰旸对她奶奶的记忆不会太多。而她的爷爷辞世更早，女儿吴辰旸干脆什么记忆都没有，可她在自己三次学业大转移时，都不忘回到老家，祭扫祖宗，是今天的孩子所不多见的。

因此我要说，女儿吴辰旸不只是我的小棉袄，同时还是我们吴家祖宗的小棉袄。

小棉袄有大志向，她要去英国读博，就在她动身的早晨，我为此草拟了一副对联为她送行：

辞家去国远洋英伦求新知

焚香烧纸回门寻亲祭老根

我把这副对联写出来后，眼睛湿湿地想要拿给女儿看。但我忍了下来，悄悄地压进我的书橱，当作我的一件藏品。想女儿的时候，拿出来自珍自赏，聊以安慰我想念女儿的心情。

大包小包，有四件之多，她母亲要送女儿到北京转机，我本来也要去的，但我那几个日子，没来由的腿软，所以就只把女儿送到了楼下。临出门时，她母亲既是怂恿女儿，又是怂恿我，说小棉袄要离家了，你们还不抱一抱！

小棉袄的女儿莞尔一笑，回头抱了抱我，我也搂了搂她。我安慰女儿，说小棉袄不在身边，我还有大棉袄哩。

我说的大棉袄是我的妻子，当然还有小棉袄女儿和大棉袄妻子给我新买的一身居家棉袄，当时天并不冷，可我还穿在身上。

2015 年 10 月 20 日西安曲江

虫子吉祥

◆

第二辑

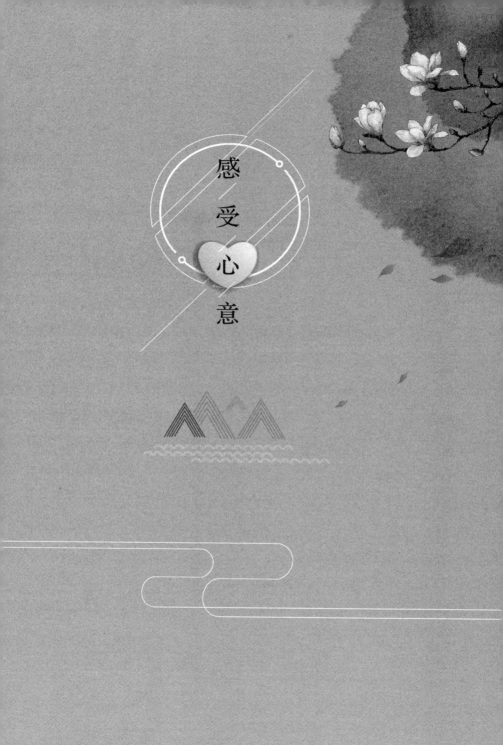

感受心意

在父亲眼里

　　回头来看，父亲离开我虽已四十七年，但我感觉得到，父亲的眼睛挂在我的身上，时刻都没有偏离。

　　天下佬儿爱小儿。我们兄弟姐妹多，在我前头的哥哥姐姐们，没谁敢惹我。他们惹我的后果很严重，不可避免地都要被父亲修理一顿，轻则骂，重则打。所以说，我在父亲眼里，是最受宠的。但我不得不说，我也是父亲管教得最严格的。譬如父亲教我写毛笔字，就特别严厉。我虚岁7年时上学，可我写毛笔字的时间，要往前推一年半，亦即5岁半时，喜欢虞世南的父亲，就把他临过的书帖找出来，让我临写了。家住法门寺北的闫西村，背靠着中观山。天热的时候，有风从山坡上吹下来，倒也清爽惬意，而天寒的时候，顺着山坡吹下来的风，却像刀子一样，直刺人的脸。恰在这个时候，正是父亲逼迫我练习毛笔字的不二机会。父亲说了，寒暑习字，你不用脑子，用手都能记得住。四十二年后，亦即 2010 年 10 月，我从鲁迅的故乡绍兴领"鲁迅文学奖"回来，朋友们给我拿来笔墨纸砚，铺在我的书案上，要我来写毛笔字。我心里打鼓了，却又无奈地捉起笔来，在一张四尺的宣纸上，一口气写出"耕心种德"四个字来。放下笔，在朋友们由衷的鼓掌声里，我仔细地端详了一遍，直觉父亲此刻就在我的身边，给我又说了一遍他当初给我说过的话。

我必须承认，父亲有先见之明，人的自身的确有两种记忆，一在大脑，一在肌肉。往往是，大脑的记忆因为情感等因素的左右，可能会有这样那样的偏差，而肌肉的记忆，是坚强的，是牢靠的，不会因为这样的干扰，那样的困扰，产生一丝一毫的偏差。小时候，我在父亲的逼迫下，练习过毛笔字，练习就是练习过；正如我是一个木匠，年轻时做过一段木工活，做过就是做过。几十年没练没做，动手再练再做，心不跳，手不抖，依然会练得有模有样，依然会做得有型有款。

是的，我练习毛笔字，是父亲逼迫的；而我学做木工活，则是生活逼迫的。

父亲逼迫我练习毛笔字，选择的时间多在晚上睡觉前。无论寒暑，我要脱鞋上炕，必先到炕跟脚的书桌前，磨墨把父亲准备的两页米字格习字纸，临着虞世南的字帖，在米字格里把大字写足，然后又要把米字格之间的空隙填满小字，才算完成任务。这时候，我的心跳是急促的，因为我把写好的习字纸，要捧给父亲验收。父亲是满意的，就把他锁着的核桃木枕匣打开，在一块大大的焦糖上，掰下小小的一块，亲切地叫着我的小名，让我靠他近一些，把他掰下的焦糖，让我在舌尖上舔一口，趁着唾沫的黏糊劲儿，粘到我的额头上。是夜，我睡在父亲的身后，背靠着他的温暖，我会睡得像额头上的焦糖一样甜蜜。来日，我还会头顶着焦糖，在村里，在学校，招摇一整天。但是父亲如果认为我的习字，练得不够认真，不够到位，他会立马黑下脸来，让我伸出习字的手，把他抽着的黄铜大烟锅抡起来，在我的手心抽一下。被父亲抽过的手心，先是一个白色的小圆圈，一会儿还会红肿起来。到了第二天早晨，红肿的地方更会成为一团青紫色，其所凸起的样子和色彩，又恰似我额头上曾经骄傲的顶过的焦糖。

在父亲的逼迫和诱惑下，我的毛笔字有了不小的进步。但是，钢笔这种新的书写工具，在我上学后，越来越为我所喜爱。父亲没有泥古，他北上中观山，砍了几天的硬柴，挑到四五十里外的法门镇，卖了后给我买了一支当时最有名的金星钢笔。我用这支钢笔，于 1966 年考入中学，还准备着，用这支钢笔从中学升入高中，然后又再考入大学，为我理想的生活而努力。可是，"文化大革命"爆发了，父亲被扣上一顶"村盖子"的大帽子，拉出来批判斗争了。

造反派给父亲做的高帽子有三尺高，糊了纸，写了字。父亲得到高帽子后，没有因为高帽子而不开心，他只是觉得高帽子上毛笔字写得太丑陋了，这使他心里极为不爽。父亲熬了糨糊，在高帽子上重糊了一层纸，然后磨墨捉笔，自己要重写一遍，他把墨笔都按在高帽子上了，却叫了我来，让我工工整整地用虞体给他重写了。父亲很是得意他的这一做法，来日自己戴上高帽子，到造反派指定的地点去接受批斗。可是问题出来了，批斗会开到一半时，有人发现父亲高帽子上的字是那么工整，便怒吼一声，把父亲的高帽子打落地上，几脚踩烂后，又糊上纸，又歪歪扭扭写上父亲不能忍受的那种字……包括我这个他爱到骨子里的碎儿子在内，没人想到，只是这一那时最为普遍的践踏，让父亲批斗会结束后，拖着沉重的脚步回到家里，没有吃，没有喝，到第二天凌晨，用一根绳子，把自己羞死在了高帽子前。

父亲用他的生命，维护着文化的尊严。

父亲这一决断，从此扎根在了我的心里，无论我回乡成为一个农民，春天耕种，秋天收获；无论我自学成为一个木匠和雕漆匠，走千家，串万户，我都深怀着对文化的敬畏和探索。我所以这么坚持，都是因为，我知道父亲用他热爱文化的眼光，一直地看着我，我不能懈怠，我不能逃避。父亲如炬的眼光，是我朝着文化的方向奋勇追求的指路明灯。我人过而立之年，通过自己的努力，从我生活的小堡子闫西村，走进了扶风县城，再后又到了咸阳市里，最后落脚在大堡子的西安。我没有旁顾，更没有旁视，我在父亲眼睛所及的视野里，认真做着父亲希望我做的事情。在父亲节来临之际，我写下这一切，既是对父亲的纪念，更是对自己的鼓励。

父亲看着我，我在父亲的眼里。

2015 年 6 月 16 日西安曲江

舌尖上的母亲

　　都是乡党呢，一批20世纪毕业于扶风中学八〇级的好乡党，相聚在古城南二环的顺风饭店，冷酒话热肠，说着说着，就说起了老娘，说起老娘的面条儿，慨叹老娘在，就有口福，就能吃到天下最好吃的面，老娘不在了，便没了这一份口福。其中一人，言语到此，竟然哽噎不已。为此，我插话了，像席间在座的乡党一样，感叹老娘的面食好，为世上所仅有。我所以感叹，以为自己的视觉、味觉器官，虽然真实地存在着，却难给自己真实的感受，例如眼睛，还有耳朵。我要说，欺骗自己最甚的莫过于眼睛和耳朵了。什么眼见为实，什么耳听为实，大家想一想，谁没有被自己的眼睛欺骗过？谁没有被自己的耳朵欺骗过？便是成为影像的照片，成为录音的磁带，可都是眼可见、耳可听的事物呢。与时俱进了的法律，也不像过去，是可以拿到庄严的法庭上作为证供来用了。

眼睛会欺人，耳朵会骗人……人的器官难道就没有可以依靠和信赖的了？当然不是，舌尖还是能够依靠和信赖的呢。乡党的聚会，话题说到了母亲，说到母亲的面食，就是对这话题的最有力的证明。舌尖不会欺骗人，辣就辣了，酸就酸了，甜就甜了，苦就苦了，是绝对不会欺骗人的。也就是说，母亲的面香，自然是香的，这没有理可讲，也没有道可论。记得2003年的时候，我即写了一篇《想起老饭店》的散文，文中我自豪我的母亲，做出来的清汤臊子面，"筋薄长，煎稀汪，酸辣香"，形神兼具，诸味谐调，是我们村子里最好吃的面食。文章写好后，刊发在贾平凹主编的《美文》杂志上。忽一日，我午饭后休息，刚打了一个盹儿，手机却没命地叫了起来。我赖在床上不想接，但手机的铃声响过一波，喘过一口气来，又一次地吼叫起来，没奈何，我拿来手机，打开一接，传来了一位老领导的声音。我那时在西安"两报"工作，常要带班上夜班，经验告诉我，这位宣传部的老领导在这个时候打电话来，是没有好票子掏的，那一定是报纸惹下了麻烦，领导打电话问责来了。我心惊肉跳地听着，果然听出老领导的不满和埋怨。他批评我太不公正，太私心了。两句严厉的开场白，把我受惊的心当下提到了嗓子眼，往下听，我才听出老领导的不满和埋怨，与我的职业无关，他是刚读了《美文》上我写母亲的那篇散文后，想要与我理论的。他说："你太过分了，怎么能说你母亲的臊子面是村里做得最好吃的呢？"此话一说，他似乎更为愤怒，接着还说，"我告诉你，我母亲的臊子面才是村里最好吃的哩！"不管老领导的口气如何不满，如何愤怒，我听到这里，把提着的心又放回了肚子里，同时调整好自己的情绪，要和老领导就这一问题理论一番了。我对他说："你还别不服气，我在写母亲时，只客气地写了我们一个村子里，要依我心里想的写，我会写我母亲的臊子面是世界上做得最好吃的呢！"老领导在电话那头不出声了，他沉默了一阵子。我知道他为什么沉默，为人谦和，非常有正义感，也非常有学问，非常有爱心的宣传部老领导，和我一样，是都吃不上母亲做的面条了。我向沉默着的他说了这句话，他声音低沉地回了我同样的一句话，"是啊，我们是再也吃不上母亲做的面条了。"然后，我俩都默默地合上了手机的翻盖。

这就是母亲了，舌尖上的母亲啊！

母亲可以抛下我们而去，但母亲的味道将永远为我们所记忆。

这不是"子不嫌母丑"的问题，是一种惯性，包含着无限的母爱。从母亲忍痛把孩子生育到人世上，一勺汤，一条面，一顿顿，一天天，一月月，一年年积累起来的母子之情，其中含有母亲怎样的辛劳，以至怎样的悲苦，就那么坚忍地、顽强地附着在了舌尖上，变成一种味道，母亲的味道。

是啊！母亲的味道，没有理由地成为最为排他性的味道；母亲的味道美丽，香醇，难忘。为此，我还想了，这是不是也是故乡的味道？好男儿志在四方，好女儿情满天下，没有谁不想长久地缠绵在母亲的怀抱里，成为母亲不离不弃的"宠物"。但是，这只能成为孝顺儿女深埋在心底里的愿望，长大了的自己，翅膀硬了，有了理想，是都要离开母亲的，这与孔老夫子"父母在，不远游"的孝顺观似乎不太合拍，但这能有什么办法呢？背井离乡，为儿女者，如果不能"远游"那才会使母亲所忧愁、所心痛的呢！母亲含辛茹苦，可不都是为了儿女的出息，从自己的身边走开，走得越远越好，哪怕是漂洋过海，到遥远的欧洲大陆去，到遥远的美洲大陆去……在母亲的心里，有一点可能，都会想着给自己的儿子生出一对翅膀，让儿子成为一匹遨游太空的天马，给自己的女儿生出一双翅膀，使女儿成为一个飘飘如仙的天使！这样也许叫母亲痛苦，叫母亲慨叹，但儿女能够如母亲所理想的，母亲那样的痛苦和慨叹，都将化为快乐，笑在脸上、乐在心里的快乐呢！

这就是爱，母亲的爱啊！没有母亲不希望儿女出息的，而自己也希望自己出息。所以说，一条悖论横亘在儿女们的面前，他们一切的努力，其实都是为了离开母亲，母亲的味道，母亲的爱。这是残忍的，残忍地造成一种距离，但这距离又能怎么样呢？哪怕到海之角，到天之涯，都不能分离母亲惯给儿女的味道，舌尖上的味道！

我说了，这可不只是母亲的味道，也还是故乡的味道呢。

母亲和故乡，就这么严丝合缝地结合在一起，是不能分的，牢牢地黏结在我们的舌尖上，无论天南海北、万水千山，无论风霜雨雪、江河湖泊，没有什么能够改变。2011年的初冬，我受同济大学的邀请，前去他们大学进行一场关于文学的专题报告。我的女儿吴辰旸就在同济大学的土木工程学院本硕连读，她和学校的领导来机场接我。坐上汽车，女儿给我说的头一句话，是让我来日陪她一起去办赴美国的护照。那一瞬间，我感到了女儿和我的距离。我侧面看着她，没说与她去办护照的话。女儿也许看出了我的诧异，她莞尔一笑，又问起我一件事来。

女儿吴辰旸问：给我带的凉皮儿呢？

凉皮儿是西安的一种小吃，小麦粉和大米粉都能做，拌成稀稀的粉浆，在一种专门的不锈钢箩儿里摊开了蒸，然后切条装碗，调辣子，调盐，调醋，凉拌了吃，又筋又滑，很受市民喜爱，大街小巷，到处都有卖的。我来时，女儿和她妈妈可能在电话上沟通过了。女儿想她妈妈的味道，让她妈妈在家里给她做了凉皮儿的，我自然要带来。可我走时匆忙，竟然忘了带，被女儿问起，我在自己脑门儿上拍了一掌，老实地给女儿说，你妈倒是给你做了的，可我忘了。

女儿听得无奈，把欠着的身子重重地靠在了汽车椅背上。我让女儿失望了，为了弥补我的过失，我答应了女儿。

我说：明天爸陪你去办护照。

2011 年 12 月 7 日西安曲江

跪　　草

没人能够拒绝自己的生日。

所有的父亲，都是以娱乐自己身体的方式，播种下自己的血脉，要母亲来孕育生养了。母亲妊娠反应，想吃酸，吃了就吐；想吃辣，吃了也吐；想吃甜，吃了还吐……母亲一点儿办法都没有，母亲只有忍，忍得自己一天天变，变得大腹便便，变得臃肿失形，变到十个月时，咬牙忍痛、扯断头发、抓破手心，诞生出一个新的生命。这个新生命，紧攥双拳，紧锁双眉，紧闭双眼，高声大号的，似乎要拒绝他的出生，但这由不了他。

所有的新生命，到这个世界上来，都是身不由己的。

哭没有用，攥紧拳头、锁紧双眉、闭紧双眼都没有用。母亲生下了他，他就得好好地接受，好好地活，活给母亲一个样子看。这是所有母亲的期望，也是自己艰苦奋斗的一个目标。然而，没人知道自己给母亲活得满意不满意？自己给自己活得满意不满意？通常的情况下，满意不满意，都要装出满意来。

是个什么样的装法呢？

千姿百态，各人有各人的装法。但过生日这一方式，是大多数人喜欢的一种选择，似乎不这么做，就对不起自己，对不起生育了自己的母亲。

还有没有别的方式，来纪念自己的生日呢？答案是肯定的，有。但是一定不会很多，如我只见识过我的父亲，以跪草的方式，来为自己而庆生。

"人生人，吓死人！"

十月怀胎的母亲，在医疗条件相对落后的过去，因为婴儿脐带绕颈，或是胎位有问题，就一定导致母亲难产，进而使母亲丧命。听说父亲的降生，就使父亲的母亲、我的奶奶受了一次大罪。从傍晚开始预产，一直熬过长长的一个晚上，到第二日快中午的时候，才艰难地生产下来。因为这一缘故吧，父亲在他生日的时候，从不招亲戚，也不待朋友，拒绝一切热热闹闹的宴席，拒绝所有快快乐乐的活动，黯黯淡淡地独自给自己过一个生日。

甚至是，父亲还拒绝参加他人那样的生日活动。

父亲说了，自己的生日，就是母亲的受难日。因此，到了父亲生日的时候，他会背起个竹编的大背篓，到自己的麦草垛子上，扯回一背篓的麦草，背回家来，在张挂着父亲的母亲——我的奶奶的画像前，铺开来，跪上去，给画像上他的母亲、我的奶奶，磕上三个头，点上一炷香，然后就静静地跪在麦草上，要喝水了，把水端到他跟前，他跪在麦草上喝；要吃饭了，把饭端到他跟前，他跪在麦草上吃……父亲是抽烟的，不是现在的香烟，而是农家汉子自种自收的老旱烟叶子。平常的日子，父亲的烟特别紧，一会儿装一锅，一会儿装一锅，点着了，吧嗒吧嗒，烟笼雾罩。可在他跪上麦草时起，就不再抽了。他忌了口，到站起来，动都不动他给自己拴的黄铜烟锅。

作为男丁，我小的时候，在父亲跪在麦草上时，自己懵懂着，挨着父亲也会跪下去。但是父亲不让我跪，他会抬手拍打我的脑袋，把我赶开，让我到炕上去睡觉。

我是没有耐心的，很快就会睡去。而父亲坚持跪着，不能丢盹儿，不能睡觉。

父亲从傍晚时跪下来，面对他的母亲、我的奶奶，在麦草上要跪整整一个晚上，天明了还不起来，还要跪着，安安静静地跪着，一直跪到早饭吃罢，快近中午饭的时候，才活动着他的腰身和膝盖，慢慢地站起来，收拾干净铺在他的母亲、我的奶奶画像前的麦草……一年一年又一年，直到父亲去世，他在他生日这天，不改样子的都要跪在麦草上，给他的母亲、我的奶奶跪着。

父亲说他这是跪草。

我见到父亲跪草的次数多了，到现在想起，他跪草的模样，仿佛一尊铜铸的雕塑，印记在我的意识里，是那样虔诚，那样隆重，绝不是热闹着、快活着给自己弄一场生日宴可比的。

父亲所以跪草谢母，那是因为他的母亲、我的奶奶生他时，就是在一背篓麦草上生下来的。

这就是传统俗语的"落草"了。那个时候，没有现在的妇产医院，每一个新生命的诞生，几乎都是在自家炕脚铺着的草堆里落生的。

我父亲是这样的，我也是这样的。

我受了父亲的影响，时至现在，年已约过六十，也不着意给自己弄个生日宴什么的过一过。但我远离了故乡，身在大城市的西安，却也不能如父亲一般，在自己的生日，以跪草的方式，感谢纪念母亲对我的生育之恩。我想不出别的办法，就学着父亲的样子，在我西安的书房里，独自一人，来读一个晚上的书。我坚持着这个习惯，至今已有四十多年了。我著文说过，因为"文化大革命"，我没怎么读书，勉强有本中学毕业的文凭，实际只是踏实认真地读了小学。后来，我舞文弄墨，在文学创作的道路上，还有点儿收获，与我生日之夜，苦读狠写是分不开的。

去年冬尽的日子，我于我的生日之夜，开始了我的一部长篇小说的写作。我愿我的母亲，像她诞生了我一样，给我力量，赐我智慧，帮我怀胎，诞生出我的长篇小说来。

2016 年 5 月 23 日西安曲江

糖　　友

　　我被吓住了！

　　餐前血糖9.8！餐后血糖16.8！我很自信自己的身体，起小在乡村长大，苦也吃过，累也受过，带来的一大好处是，把身体摔打得特别硬朗，经得起风浪，也扛得住雨雪，小灾小病的，不吃药不打针，扛几天就都过去了。可这是血糖病呢，指标又高得离奇，我还能像过去一样，不管不顾地扛吗？

　　辛卯年的七八月份，我被这个问题困扰着。身体一天一天见瘦。不仅是家里人，便是朋友们见了面，也都惊讶我的状态。身体瘦着，精神状态跟着也瘦，完全没有了过去日子的饱满与乐观。家人和朋友，都对我担起了心，典型如我的女儿吴辰旸。她在上海的同济大学读书，回家来，与我呆了几日。早晨起来，陪我在曲江的南湖岸边走一圈子；晚饭后，又陪我在曲江的南湖岸边走一圈子……我走得很奋勇，却也难掩病体的虚弱。女儿是看在眼里的。我希望她能询问我几句，但却没有。在我强撑着身体，跟随女儿的节奏，在杨柳扶风，湖光潋滟的岸堤上走着。女儿给我说着她的事儿，说她在做一项国家资助的科研项目；说她还在准备，参加两项国家级科技竞赛；说她已经接到通知，准备要去美国的伯克利大学，参加一项国际性的科技竞赛……。要知道，我的女儿不是个特爱表现自己的人，她总是埋着头学习或是做事。成果出来了，我不是从网络或别的渠道获知来问她，她是不会主动给我说的。譬如她在同济大学读了一年即考取了本硕连读的资格；譬如她在校学习两年，两年都获得教育部的奖学金；等等就都装在她小小的心里头，从没主动给我说。现在却在陪我散步锻炼身体时，不断地给我说她的事，这使我不能不有所惊悟，女儿长大了，她在安慰我，也在鼓励我，但也大大地操心着我。果不其然，女儿要回上海的大学里了，她母亲陪着她，也去了上海。母女俩在上海仅只厮守了一天一夜，女儿就撵母亲回西安了。她说：我爸一个人在家，我睡不好觉。母亲就这样被女儿逼上了飞机，在机场，母女俩离别时，女儿给母亲检讨说：我以后不能乱花钱了，我要省，省一个是一个，不要叫我爸再熬夜，再受累了。女儿把自己说得流了泪，把她母亲也说得伤了心。

她母亲回到西安的家里，把女儿的话说给我，把我也惹得心口上一抽一抽地痛。

这都因为什么呢？

糖尿病……可恶的糖尿病啊！它给我们这个和睦欢乐的小家庭，拉起了一道忧伤的幕布，我们该怎么办？我能怎么办？我想了很久，思来想去，一切都在我了，血糖那么高，高在我的身上，我是不能让妻女为我担心，为我流泪了。

然而，一顶糖尿病的帽子，看不见，摸不着，却实实在在地戴在我的头上。我没有不正视的理由，吃药是一定的，打针是一定的。而最为关键的是，是自身心态的准备，是被糖尿病吓住而沉沦，还是正确认识而待之……糖友们，在这个时候蜂拥而至，现身说法提建议，一个集中的建议仿佛佛家六字真言似的，被糖友们不断提起：管住嘴，迈开腿。

自己血糖正常的时候，不知人群里有多少糖尿病患者，自己的血糖高了，才发现有此病症的人是那么多！仅和自己亲密相处的朋友，就有贾平凹、雷涛、禹建峰等一大溜子。我们原来就是朋友，糖尿病让我们的友谊得到了一次更为浓烈的加强。大家见了面，那一份关切，那一份爱护，没有身患糖尿病的人，是体会不出来的。

日久天长，我在心里体会着糖友们中间的这份情谊，突然有了一个奇怪的认识，觉得让人厌恶的糖尿病，不也是我的朋友吗？它不请自来，附着在自己的身体上，从此形影不离，生死与共。想想看，还有比之更坚韧、更可靠的朋友吗？

有了这个认识，我的心态迅速变化着，不再惧怕糖尿病了，反之又还像真正的朋友一般，来善待糖尿病了。尽管这有点儿被动，还有点儿无奈，但这是与糖尿病这个朋友和谐相处的最好办法了。原因非常简单，别的什么病，比如使人闻之色变的癌症，就绝不能视其为朋友，那是敌人，最最阴险的敌人。不幸遭遇这样的敌人，就必须勇敢面对，配合医生，动刀动枪，坚决地消灭之。唯此，才可能有自己的活路。糖尿病没这么暴烈，许多时候，甚至表现得很羞怯，很不好意思，这就不能视其为不可救药的敌人，通过积极的交流沟通，化敌为友，是完全可能的。原因很简单，糖友没法跟糖尿病战斗，战斗下去，糖友是打不赢糖尿病的，结果只能被糖尿病所牺牲。

多一个朋友，多一条路，此话不虚，如此说来，糖友也要把糖尿病当成朋友的，并善待之。糖尿病喜欢运动，我是个懒人，在它的催促下，我运动起来了；糖尿病不喜欢海吃海喝，我是个馋人，在它的监察下，我管住了自己的嘴巴；……我知道，我的身体不再只属于我，同时还附着了一个形影不离的糖友，和平共处，是我与我的糖友不用签署文件，却也必须遵守的原则。

信守原则，是人之为人的基本素质，何况我和我的糖友，结果真是不错，我原来的大肚腩瘪下来了，我原来懒散自由的毛病也改了不少，这可是糖友之功呢！

我要向糖友保证，我是你朋友，那么你呢？

2011 年 1 月 16 日曲江

母亲的炊烟

炊烟，怎么就不见炊烟了呢？

我从生活的大城市，回到儿时生活的乡村，住了几日，我心想品味一下弥漫村庄里的炊烟，可是那与村庄相互缠绕的东西，却没了一丝一缕的踪影，仿佛化入了虚无的幻境，我只有在梦里去重温了。

追忆无知的童年，在我想起时，便带着无处不在的炊烟，让我感到炊烟的美丽，还有温暖，还有浪漫，还有缠绵，还有……我要说下来，不晓得还会有多少的还有。总之，我的童年就那么不可逃避地弥漫在炊烟之中了。

炊烟可以与云彩相媲美，但炊烟不是云彩，云彩飘浮在高远的天空，炊烟则铺展在脚踏的地皮上。天空有云彩的时候，地皮上可以有炊烟；天空没有云彩的时候，地皮上依然可以有炊烟。那伸手就能抓一把，张嘴就能吞一口的炊烟，说它像是铺在地皮上的薄纱，或者是铺在地皮上的棉花糖都行，但它绝对比薄纱要轻，比棉花糖要柔，脚踢巴掌拍，踢不着什么，抓不着什么，但却让人特别愉快，特别想闹。童年的我，在那时候，很容易把自己幻想成一个能够腾云驾雾的神仙，犹如挥舞着金箍棒的孙猴子一样，在炊烟里，玩命地嬉戏，跟斗一个连着一个，翻下去了，站起来继续翻……母亲的声音，往往在这个时候，就飘在炊烟上面，柔柔软软地传送进童年忘归的耳朵。是我，还是别的伙伴，就很自然地被母亲唤归的声音，像是一根纤细的绳子似的，拴住了胳膊腿儿，踢踏着缠绕在脚上的炊烟，不很情愿，但却乖乖地回到母亲的身边，被母亲牵着手，牵回家去。

光照大地的太阳，仿佛也在我们母亲的唤归声里，落下西山，回家去了。

可是炊烟，并不理会我们母亲的唤归，它依然弥漫着村庄，如纱似雾，陪伴我们在母亲的催眠曲里，幸福安逸地进入梦乡。

炊烟里的我，有许多许多要好的伙伴。夏天的时候，我们赤条着身体，很是不知羞耻地追逐在炊烟中，好像炊烟就是我们美丽的遮羞布；而到了寒冷的冬季，我们还会在炊烟里追逐，但由于条件的限制，我们穿戴得并不暖和，头上没有棉帽子，脚上没有棉袜子，因为正长个儿，棉裤短了一大截，棉袄小了一大圈，到处走风透气，我们却不觉得冷，好像是，炊烟就是我们保暖的温床。我们享受炊烟，更享受炊烟里母亲呼唤我们回家的声音。炊烟是母亲制造出来的，母亲就是炊烟。我们欢愉在炊烟中，其实就是欢愉在母亲的怀抱里。

然而现在，乡村没有了炊烟，没有炊烟的乡村，自然也少有母亲的呼唤，少见母亲的身影，母亲踩着父亲的脚后跟，都到大城市里打工去了。

原来喧闹的乡村，如今是那么沉寂。听不见孩童们的戏耍，也听不见猪狗鸡羊、牛马驴骡的吠叫嘶吼。一些院门上拳头大的铁锁，终年不开；一些院门开着，能够看见的是沉默的老人以及寡语的孩童。我听说了，邻村有位上了年龄的老爷爷，孤身带着个小孙子，留守在家里，抚育着他的小孙子。老爷爷的身体不错，老了不觉得自己老。小孙子对落户在他家的一窝小雀儿特别上心，一天到头，仰着他的小脑袋，追着那窝小雀儿转。老爷爷看在眼里，知道小孙儿是太孤独了，他想给小孙儿逮个伴儿，和小孙儿一起玩的，这就端了一把木梯，搭到小雀儿的窝巢下，去逮小雀儿了。可他刚爬到小雀儿的窝巢边，伸着手，就要逮住一只小雀儿时，木梯滑了一下，把老爷爷从木梯上滑跌到地上。老爷爷被摔死了。小孙儿不知老爷爷已死，还以为他睡着了。小孙儿瞌睡了，就还躺在老爷爷的身边；醒来了，就还绕着老爷爷转。幸好有老爷爷给小孙儿买下的一箱牛奶，小孙儿饿了，就取一袋牛奶来喝。他自己喝，还给老爷爷喝。小孙儿不知老爷爷死了，村上的人都不知道老爷爷死了，只有相约三天打一个电话，通一通气息的亲戚，在打了一串电话都不见人接的时候，心里慌着跑了来，砸开紧闭着的院门，这才发现老爷爷的不测。而这时的小孙儿，因为吃喝完了牛奶，也爬在老爷爷的臂弯里，饿得奄奄一息。

呜呼！这不是传说，也不是故事，而是一个现实存在。现在的乡村，哪儿又不是这样的呢？千门万户，就都是年老的爷爷奶奶，年幼的孙儿孙女。这叫我不觉想起一首歌曲唱的那样，"有妈的孩子是个宝，没妈的孩子像棵草"。

回来吧炊烟，往日母亲的炊烟。

2013 年 4 月 14 日西安曲江

科 学 稀 饭

在我有了点儿成就时，我是很想和妻子一起享受的。所以这么想，是因为妻子对我的支持，绝不像流行歌曲所唱的那么轻松愉快，"军功章里有我的一半，也有你的一半"，而是日复一日地关心，年复一年地支持。

这样的关心和支持，无怨无悔，不讲一点儿价钱，心甘情愿，彻头彻尾……2010年时，我以中篇小说《手铐上的兰花花》，幸运地摘取了鲁迅文学奖。领奖回到西安的第二天，西安市委宣传部、西安市文联等部门给我召开嘉奖大会。贾平凹、熊召政等省内外著名作家和评论家受邀到会。大家对我的创作，给予了充分的肯定以及十分中肯的批评。我对此是感激的。根据会议的安排，有我发言致谢的一个环节。这个安排，我是非常喜欢的，因为我那时心里想的，就全是感激和感动，我有许多人是要感谢的，平时面对我要感谢的人，我说不出口，这是一个机会，在众人面前，我很自然地说出来了。我感谢了一堆人，到了最后，我还感谢了我的妻子。

要我说，在我感谢的一大堆人里，妻子是我最自觉、最想感谢的那一个。

碍着夫妻的情面，我对她的感谢，从始到终，都没说"感谢"两个字，那会让她脸红难堪的。因此，我给大家说了，我还有个小故事要给大家说。我说：我今天早晨到大会上来时，是吃了一碗稀饭的，这碗稀饭里有三种米，大米、小米和薏米；有三种豆儿，陕北的红豆，关中的白豆和陕南的熊猫豆（一种蚕豆）；同时还有三味中药，大枣、枸杞和天麻，前两种中药是不变的，后一味中药天天在变，今天是天麻，过一天可能就是黄芪，再过一天可能又会是麦冬。我是把这种稀饭，称为科学稀饭。有人给我天天熬，我也就天天吃。吃了科学稀饭，我上下通气，绝不胡乱放臭屁。

我对妻子的这一感谢，让会场的气氛变得活跃起来。最先听出我话里意味的人是贾平凹，他等我把话刚说完，就一针见血地说，"克敬外是夸媳妇哩！"是他这一说，会场上的来宾，都把眼睛齐刷刷地聚焦到坐在会场一角的我的妻子身上。她没有回避大家的目光，很是大方地站起来，向会场上的来宾，东南西北各鞠了一躬。

时任西安日报社长的郝小奇先生，是夜在报社值班，他把我感谢辞里夸奖妻子的那一段，摘出来写了一篇文章，排到当日的晚报上，就在要付印时，还打电话来，和我核实了科学稀饭的配方，并向我询问，"你说吃了科学稀饭不放臭屁是啥意思？"我笑着告诉郝小奇，不放臭屁，说的可不是生理上那种能力，而是说自己的写作，每一句话，每一部作品，都必须具有真诚的精神品格，而不是只为发泄一己私心的屁话。电话那头的郝先生笑了，他说他知道了。

郝小奇先生果然是知我的，在第二日的《西安晚报》上，我看到了他的文章，我感动他对我的支持和鼓励，更感动我们的朋友之情。

我有科学稀饭吃，我吃科学稀饭上了瘾。可是，我却没福放开肠胃大吃科学稀饭了，这是因为，我一点儿准备都没有地查出了高血糖。对此，我表现得茫然无措，倒是我的妻子，秉持着她一贯的科学态度，停止了给我熬煮稀饭的举动，按照糖尿病人的饮食需要，又搞来荞麦面、豌豆面等杂粮，给我早起摊荞面煎饼，煮豌豆面糊，中午和晚饭，又还水煮或是蒸馏几样鲜菜，再加上荞面的饸饹，或者豌豆面的面片，来服侍我的一日三餐了。

要知道，我的妻子也有她的工作，更有她的事业。她这么照顾关心我，让我对她是有愧的，不能心安。这倒使我想起，我们初婚的时候，我也是热衷于家务活儿的，做饭洗衣服，表现得亦然非常主动，非常积极。我希望我做饭的手艺，能够获得妻子的认可，我洗衣服的举动能够获得妻子的赞赏。但她让我失望了，我做的饭菜，她除了认可我的刀功，在别的方面是全盘否定的；而我洗的衣服，晾晒在阳台上，都已经晾干了，妻子一件一件地去验收，她验收一件，随手又往洗衣盆里泡一件，把我洗过的衣服，不给一点儿面子地都要重新洗过……三番五次，我不能忍受妻子对我劳动的不尊重，便以不做饭不洗衣服相抗争，抗争的结果是，过去了几十年，我就很少下厨和洗衣服了。

享受清福的我，在和朋友说起家务活儿时，我给他们介绍经验，说是咱们男人，要想图个轻松愉快，不做家务，就要在刚成家时，抢着做饭，抢着洗衣服，但是一定不要把饭做得好吃，不要把衣服洗得干净，坚持数次，咱就可以全身而退，敬请等着，享受饭来张口，衣来伸手的好日子。

我这么给朋友们吹嘘着，是以我的经历而现身说法的。我把这一结果，还说成是我摆脱家务劳累的一种计谋。

岁月荏苒，当我的年龄直奔花甲而去的今天，我把我的计谋论再次检讨了一下，我突然明白，这何尝不是妻子的一种计谋，她以此给了我许多时间，给了我许多关爱，让我在一种无忧无虑的幸福生活中，能够专心并致志于我所热爱的事业，我没有理由不认真努力，不奋勇向前，不有所获得。

所以说，我的成果，也是妻子的成果；我的成功，也是妻子的成功。

2013 年 7 月 15 日黑龙江五大连池

做个好女人

写了篇《享受吧，女人》的短章，刊出后，我几位西安报社的女同事读了，与我聚餐时，要和我讨论，女人怎么就是享受了？当时，乘着酒兴，大家说得很是热烈，而且说得极开，居然说起女人，不能死守着一个家，死守着一个男人……话外之意，我不说透，大家也是意会得到的。但我以为，同事间的讨论，是当不得真的，因为生活中的她们，都是极守分寸的，换句话说，她们可都是好女人哩！

有了这个基本的认识，我给她们说了：做个好女人，就是女人的享受，而且是最大的享受。

我的话，让喧嚣的酒桌子安静了下来。不过，也只安静了一会儿，大家就又喧嚣了起来，其中有人向我发问：怎么才是好女人？

我得承认，这个问题问得好。但要说得清楚，却很困难。还好，我在这个问题的引领下，想起了我曾熟悉的一位女领导，对于她，我始终保有一种敬佩的情绪，同时又还觉得她的无奈和悲哀。

我所以敬佩她，是因为她的工作精神和工作态度，任何时候都是那么热情、那么饱满。好像是，她把她的工作精神还影响传染给了她的丈夫，使她的丈夫工作起来，也如她一样热情饱满。他们两口子，大学毕业，牵手走进婚姻的温柔乡，似乎就没怎么享受家庭的美好，就都扑在各自的工作中，像两只斗架的鸡，开始了他们漫长的，甚至堪称火花四溅的工作竞赛。当然，他们也哺育了自己的下一代。要我说，他们的下一代太可爱了，女孩儿的红润和鲜亮，还有乖巧和机敏，集于她一身，任谁见了，都要接过来，抱在怀里亲一口。我就是其中的一个人，不知道把个安琪儿一样的小小女孩子在怀里抱了多少次，亲了多少次。我抱了她，她会笑，我亲了她，她更会笑，那银铃般的笑声，比天籁还要美，还要甜。可是她的母亲、她的父亲，为了自己的工作，把她送到了乡下，养在爷爷奶奶的身边，直到她要读书了，才从农村回到城市，回到了她父母的身边。

她的父母双亲，竞赛似的工作，给他们也带来了进步，他们先副科、再正科，后来又副处、正处，然后双双又都经过组织的严格考察，走上了副局的领导岗位。这让许多他们同龄的人，眼红着，也嫉妒着。但谁知道，他们面对的问题，是怎样的难堪，以致不可收拾。这就是他们的亲生女儿，与他们一直陌生着，任凭他们夫妇怎么努力，都无法在感情上接近他们的女儿。一家三口，别别扭扭地生活着，一个人是一个世界。女儿是，他们夫妇俩也是。做一顿饭，洗一次衣服，都可能形成一场接连数日的冷战。女儿不愿意跟父母说话。做父母的他们，相互也冷着脸子，你不跟我说话，我不跟你说话。家庭气氛冷得仿佛一个冰窖。可怕的事情，在这样的气氛里不可避免地发生了——读书读到高中的女儿，在家里头一次服了毒，她趁热情工作的父母不在家，找来父母为了睡眠而准备的安眠药，大把地吞服进肚子里。不过还好，她吞服的时间不长，母亲回家来找一份她带回家的文件，发现了女儿的异样，赶紧送医，把女儿从死亡线上拉了回来。

　　这一次的教训，让全身心扑在工作上的他们夫妇，有了一段时间的警觉，但却没有多少用处，直到女儿考取大学，准备好一切，就要离家深造的前日，女儿再一次地吞服了父母的安眠药，结束了自己如花的生命。到这时，他们夫妻似乎才有所觉悟。以后，我见到了这位女领导，完全没有了原来对于工作的热情。便是她的衣着，也不像原来那么讲究，整个人像被霜打了的小白菜，蔫溜溜的，躲过人，总是自言自语地责怪自己，"我不是个好女人！"

如今，他们夫妇都已退休在家，而我们还都住在同一个小区里，因此我会经常见到他们，丈夫自己散自己的步，妻子自己散自己的步。散步时，丈夫不言不语，妻子还要自言自语地责怪自己。

他们夫妇散步时，有意识地躲着相熟的人，相熟的人也有意识地躲着他们夫妇。这让他们夫妇看上云，十分地落寞和孤单。

我把这对夫妇的故事讲给了我报社的女同事，但我讲完后，加了一句话，我说我看见他们夫妻时很难受，特别是听到那位妻子责怪自己不是好女人的话，我更为难受。这让我不能不想，她那么责怪自己，也许是有道理的，但不完全对。我以为她应该算是一个好女人呢，她只是太倾心于自己的工作罢了。

这么说来，做个好女人，不能只是对工作有热情，还应分出一部分精力来，热爱生活，特别是自己的家庭生活，尽可能地多关心自己的丈夫和子女，享受他们的快乐、健康和爱，这样才可能使自己体会到做个好女人的全部美丽。

2013 年 7 月 13 日黑龙江黑河

乐　古

　　乱世藏金，盛世藏画。这是谁天才的总结呢？我不知道。但我看得见，今天的国人，一窝蜂地奔着收藏市场而去。地方电视台的这类节目不说，只说央视的几个频道，开设的几档此类节目，就一个赶着一个火爆。特别是李佳明主持的那档"寻宝"的节目，一周一期，全国各地跑，跑一个地方，那地方的人，就都如打了鸡血似的兴奋，成千上万的人，聚集在"寻宝"节目的录制现场，人手一件两件的"宝贝"，编了号，在荧屏前，摇着号等待专家掌眼鉴定。

　　那样的场面，真是太火爆，太热烈了。

　　前年的时候，"寻宝"来到西安，让有着深厚历史文化积淀的古城，也火爆热烈了一把。我有一位乐古的朋友，捧着他家家传的青瓷钵盂，也凑了去，并侥幸地摇到了号，获得了专家的鉴定。专家明确地告诉他，这件青瓷"对着哩"。"对"是一句行话，也就是说朋友的青瓷钵盂货真价实，是一件古物了。古到什么程度呢？专家问了朋友，朋友说他们长辈们传说，是一件元代的东西，专家就还夸了他的长辈们有眼力。

元青花哩！在西安城能有几件？

朋友短信告诉了我，惹得我心痒痒着，抽空儿去了他的家里，目睹了那件珍贵的元代青瓷钵盂，觉得元之青花是朴素的，是雅拙的，大不如明清瓷器的精巧和细腻。不过，却也很是适合我的审美趣味。这么说来，把我的一点儿小隐私就也暴露出来了。我如朋友一样，也是乐古的。在我的家里，这里淘一件，那里淘一件，东淘西淘，倒是淘了一堆东西。因为钱太夹手，我淘不起什么大件的东西，都是些出自民间的灰陶器，以及砖和瓦……对于我的这些收藏，许多人是要轻薄的。我乡下的老泰山，进城来瞧病，见我的书房和客厅，尽是一些灰突突的大小瓦罐和砖瓦，就和陪同他一起来的岳母，避开我问他们的女儿，说我弄回家那么一些土瓦瓦的东西做什么？是要在家里酿醋吗，还是要在家里泡菜？这么两声地问来，把我的妻子问得忍俊不禁，笑了个前仰后合。她告诉她的父母，说那都是古董哩！

妻子不如此倒还罢了。她这一说，她的父母就还说了，说他们当年平整土地学大寨，挖出了不少这样的瓦罐子和砖瓦。挖出来是个碎的，就混在土里填了地；是个好的，一镢头敲上去，敲碎了，依旧混在土里填地。

　　妻子把这话偷传给我，让我好一阵惆怅。不过，从此我更爱我淘回家里的灰陶罐子和砖瓦了。因为我顽固地认为，我的陶罐子和砖瓦，年龄小者也是汉代的东西，再长一些的，就都是秦时和更久远的春秋以及周王朝时期的东西了。它们面目虽不如明清的瓷器华丽，但内涵绝对不是明清的华丽所可比拟的，而最关键的是，它们绝对的古。这样的古让人古得心安，让人古得淡定，让人知道自己的幼稚……试问，哪一个人能比这样一件古物活得长久？

　　当然，古物的存活过程，也很不容易，像我的老泰山说的，那些远古的灰陶罐子和砖瓦，遇着了他们，一个粉身碎骨的命运，便难幸免了。

　　有了在我家里的那一番经历，回到乡下的老泰山，也留意起古物了，而且时不常地要给我通个信息……乐古，对于一个人的影响，就是这么偶然和容易，因为那种思古之幽情，就在我们人的遗传基因里存在着，有个合适的机缘，淡淡地冲击一下，就会激活过来，成长为自己生命的一部分，而快乐并痛苦，而欣悦并遗憾，无始无终。

"一城文化，半城神仙"，诗人薛保勤是我的朋友，他用这么两句话，形容我们居住的西安城，我是为他而高兴的。在西安城里，很少有不乐古的人，我掰着手指数不过来的朋友，和他们相见，开口问的不是"吃了没吃"的问题，也不是"喝了没喝"的问题，手伸给了你，握住的是一个他正把玩的古玉小件，不握了呢，摊在手上的可能是一面铜镜，或是一件别的什么。便是不怎么相熟的人，笑嘻嘻走向你，也会随身亮给你一件古的物件。

　　乐古，成了今天的一种时尚，可是我的女儿，却有她的看法。去美国斯坦福大学深造的她，说她也是乐古的，对几千年的中国文明，非常地敬佩和热爱。她每每参观那里的博物馆，都为收藏在那些博物馆里的中国文物而骄傲。然而，这是不够的。我们乐古而不能泥古，乐古而更不能背上古的负担。让古挡住我们的眼光，束缚了我们的想象，那才是得不偿失呢！

　　美国多年轻啊！三百岁不到的历史，他们太现实了。乐古从不薄今，而且又还努力地向着未来。

2013 年 7 月 31 日西安曲江

乐　败

　　争胜是人的天性，如果没有那点儿劲头，人活得还有什么滋味？我相信，饮食男女，几乎很少没人不这么想。可是我要问，这就好了吗？我得承认，争胜后的感觉的确不错，然而这却不是唯一正确的选择。倒是有些人，在有些情况下，乐于失败，反而十分自得，同时也使他人开心。

　　便是大到江山社稷这样的问题，乐败也不失为一种美丽的选择。

　　翻开历史，这样的事例比比皆是。最为典型者，西楚霸王项羽，理应坐头一把交椅。这位力可举天，亦可拔地的大英雄，在鸿门宴上本可血刃刘邦而定天下的，但他没有。他放虎归山，与刘邦展开了数十年的楚汉战争，因此节节失败，被汉军十面埋伏，围困在乌江边上，眼看着心爱的女人虞姬自刎而死，却还不肯渡水江东的那一种乐败的精神，赚取了千百年以来，多少人的悲叹。"生当作人杰，死亦为鬼雄。至今思项羽，不肯过江东。"宋朝女词人李清照的词句，该是最好的解释了。

我这么解读项羽，有人是反对的。这不奇怪，因为我就怀疑自己，这么解读是否有理？但我还是顽固地要这么说了。原因非常明了，也就是说，项羽的所有失败，都是他造成的，便是在他生命的最后时刻，他也完全有机会，完全有条件，渡水江东，积蓄力量，东山再起的，可他却选择了失败。

英雄不争，能说不是乐败吗？

项羽乐败的结果，使残酷血腥的楚汉战争，立马偃旗息鼓，国家一统，人民安居乐业，使中华民族的历史，有了一个强盛的大汉王朝，而他自己，也光荣地载入史册，为后世儿孙所感动，所怀念。

乐败，的确是个值得玩味的东西呢！世上的事情，原来并不是乐胜的人被人尊重，也并不是乐败的人就不会被人尊重。往往是，一些乐胜的人，还要留下千古骂名，而乐败的人，却会留下千古美名。

在朝代更替的大是大非面前，既然如此，那么在家庭生活中呢？似乎更应该如此。

乐败不丢人，乐败是一种智慧。在我的家里，是妻子，是女儿，还有我，全都先天的有着乐败的气质，并享受着乐败的快乐。然而又怎么乐败了呢？琐琐碎碎、点点滴滴，到我想要举个例子来说时，却一时想不起有什么好说。总之，那是寻常家庭生活的每一个方面，每一个时刻。

我要说的是，我是最容易被"攻击"的。发起攻击我的人，很自然的是我的妻子了。而我的女儿，赶在这个时候，又总是青红不分，皂白不辨，一概地要当她妈妈的"帮凶"。譬如说洗锅洗碗，往往是在一家吃着饭时，我自告奋勇，冲锋在前地收拾好碗筷，钻进厨房，站在水龙头下，听着哗哗的水声，自在地洗出一只碗又一只碗，洗出一个盘子又一个盘子，洗出一双筷子又一双筷子……洗好后，碗盘筷子，各归其位。但到下一顿吃饭时，妻子往碗里盛饭，往盘子里盛菜，正盛着，她会发现我把碗洗得不大彻底，把盘子筷子洗得亦不大理想，总要残留一星半点儿的饭粒或菜渣，这是她所不能允许的，劈头盖脸地就要说我几句，说轻说重，都在她当时的情绪了。我该怎么办呢？我能怎么办呢？我唯一可做的是承认自己的粗心，承认自己的大意，没把锅碗盘子筷子洗干净，然后还要加上一句保证，说我保证下不为例，一定把咱的锅碗盘子筷子洗干净，让爱干净的老婆满意。

我承认了错误，并做了保证，妻子的脸色会怎样呢？

这不用说，一定会如桃花般灿烂呢。她因此在把饭菜端上桌子后，还会从酒柜里取出一瓶酒来，然后摆上酒杯，斟上酒，和我来碰一下了。玻璃的酒杯，在碰在一起时，发出的那一声脆响，真是要多好听就有多么好听。妻子嘴对着酒杯，会冲我一乐，轻轻地啜一口。而我就更得意了，我会仰起脖子，把满杯的酒都吞进嘴里去。女儿这时如果在场，自然把她"帮凶"的嘴脸，要不加掩饰地暴露一次。

她旁敲侧击，说：我妈的话，你记下了么？记下把锅碗盘子筷子洗的时候洗干净，没洗干净都有酒喝，洗干净就更有酒喝了。

我的妻子她的妈，是不要她的小"帮凶"这么说话的，拿筷子把女儿饭碗轻敲一下，说：饭菜把你的嘴都堵不住！

是不是鸡毛蒜皮？是不是不足挂齿？家庭生活，能有多少惊心动魄？能有多少惊世骇俗？我想一定不会很多，而多的就是洗洗涮涮，一日三餐，让乐败的精神，艺术地渗透进来，使我们的家庭，获得乐败的美满和乐败的幸福。

2013 年 7 月 10 日黑龙江黑河

乐　闲

　　不独是我，一切有梦想的人，对岳飞的这一句告诫都是有记忆的，"莫等闲，白了少年头，空悲切"。此外，也还可能对陆游和辛弃疾的两句话也心存记忆：前者不无伤感地喟叹，"元知造物心肠别，老却英雄似等闲"；后者则哀痛万分地感慨，"闲愁最苦，休去倚危栏，斜阳正在，烟柳断肠处"。不知别人记忆着这些话，对自己会产生怎样的作用，但我知道，他们三位可都是高怀在胸的仁人志士，我是深被他们的词句所感动，而以此激励自己，不敢偷懒，总是埋头于自己的梦想，哪怕半日之闲，都觉是一种犯罪。

　　同样的感受，在女儿吴辰旸就要赴美留学前的一日，她和她们几位中学同学，在西安城里闲游了半日，回家来，便不无痛心地说："犯罪啊，我把半天时间混没了！"

　　对女儿的这句话，我没做半句回应，倒是她的妈妈说她了。什么犯罪不犯罪，谁一辈子不偷个闲，乐上一乐。

乐闲……我得承认，这是个值得玩味的话题呢。

人这个东西，最初的欲望是吃饱穿暖；满足了吃穿，就又欲望名和利；满足了名利，就还欲望富贵；满足了富贵，就把永远保有又当成了欲望；……如此下去，不知何时才能真满足？不知何日才能得空闲？做人到不了一个境界，万万难有这个觉悟，终其一生，总是一个忙。忙吃忙喝忙自己，还又忙父母忙儿孙，忙得白头到老，忙得日薄西山，还是忙不够，直到心存万般遗憾，倒头而去，双眼还忙得闭不上。难怪才高八斗的苏东坡，禁不住要做这样一声浩叹了：长恨此身非我有，何时忘却营营。

清之小品名家张潮，把苏子的那一声浩叹，读出了自己的味道，他在他的《幽梦影》里，不无自得地写来："人莫乐于闲……闲则能读书，闲则能游名胜，闲则能交益友，闲则能饮酒，闲则能著书。天下之乐，孰大于是？"我非常欣赏张潮的观点。他所谓的闲，都非无所事事的样子，所以闲，还有自己的目标与追求，不免一股文人的气息。实际上呢，闲的好处还有很多很多，遛一遛鸟，放一放鹰，摸几圈麻将，摔几把扑克，甚或是钻进人伙里吹一吹牛，坐在水边发一会儿呆，其实也是不错的，只不过这种种的闲，太无所事事，太没心没肺，太……怎么说呢？玩物丧志，闲得迷失了滋味，就不好了。闲有闲的学问，怎么闲？还真是需要仔细琢磨的。会闲了，闲出无限乐子来；不会闲了，可能闲出一身病来，这是一定要注意的。因此，张潮进一步写道："能闲世人所忙者，方能忙世人之所闲。"可不是吗？我们放眼滚滚红尘，谁不是削尖了脑袋，并挖空了心思，去做钻营的勾当？我没有这样的能力，而且对此也视若敝屣，总把别人认定既不得利，又不得名的活计，却一门心思地乐而行之，其中没有点儿智慧，没有点儿定力，还真是难以坚持下去的呢！

人生苦短，时光如同覆水。

今日的人，在欲望的驱使下，还有科学以及现代化的劳什子推波助澜下，好像对古人关于"闲"的理解，很是糊涂，很是不得要领。平日里，忙得陀螺般地转，把自个儿忙得都忘了姓甚名谁。长此以往，就算谋鱼得鱼，怀揣鱼又谋熊掌，兼而得之，结果又能怎么样呢？就能青史留名？就能千秋万岁？这是靠不住的。"春归如过翼，一去了无痕"。不要到历史的深处去翻，也不要到现实的远处去找，只把自己的左左右右看上几眼，就能很好地观照自己。往往是，越是忙越是急的人，什么都不会留下，倒是一些悠闲的人，慢腾腾的，没怎么争的人，哪怕身不由己地化为一缕青烟，但他的精神气质，还是会留下一些在人间。

他人是自己的镜子，"采菊东篱下，悠然见南山"的陶渊明，好像就特别有说服力。他在官场上是忙过的，在钱场上也有一个时期的忙，后来他自觉地什么都不忙了，把自己"闲"了下来，却使后来的人，对他念念不忘。

难得浮生半日闲，活人可不敢把自己活得太满，要知道大家在作画时，最懂得留白的妙处。我们做人呢，也须懂得舒展自己的情怀，仿佛闲云野鹤，肋下生翼。唯如此，我们的生命，想不美丽都难。

2013 年 7 月 20 日西安曲江

乐　贫

在坎坎坷坷的人生路上，我是一个乐贫的人。

所以乐贫，并不是天生就有的，我能记得的一些生活细节，都可以证明，我其实是很爱钱，也十分向往富贵的。小时候，要过年了，三十的晚上，父母给我几枚明光光的硬币压岁。我小心地接到手里，握住了就再不会松手，晚上睡觉，衣服脱了，手还不松，攥着硬币进入梦乡。到第二天早晨，我从热炕上爬起来穿衣服，攥着硬币的手，依然纹丝不动地拳着，直到要吃大年初一的臊子面了，我攥着的手不得不端饭碗，不得不捉筷子时，我的手还松不开。这个时候，并不是我不想松手，我是想松，松不开了。

人的关节，长时间保持一种状态，就会造成不能伸缩的结果。我的父母知道这个问题，他们把我抱在怀里，小心地搓揉着我的拳头，帮助我活动着手指关节，这才使我紧攥了

感受心意　133

一个晚上的手松开来，露出了我攥在手心里的硬币。

父母说我了，小财迷！

小财迷长到 8 岁的时候，粗识了一些文字，也拨拉得了算盘珠子。忽一日，父母当着几位兄长的面，把一个包着铁皮的小箱子传到我的手上，并郑重地宣布，家里的收与支，就都由我来管了。而我也不知深浅，欣欣然接受了这一职责。从此，一边在村里的小学读书，一边很是认真地管理着家庭的财务，被我的父母亲切地称为"小掌柜"。

从"小财迷"成长为"小掌柜"，让我懂得了穷家难当的道理。

那时候，谁家里不是贫穷的？要说我们家还是不错的。这是因为，在我前头的四位哥哥，都离家工作着，吃的是商品粮，一月到头，既有定量的粮票可领，还有定量的工资可拿，这可都是活粮活钱哩。哥哥们必须节余一些出来，拿回家，交到我的手上，由我仔仔细细地记在家庭收支账簿上，然后又一笔笔按需花销着，称盐、灌煤油，以及家庭成员生病了打针吃药……这样一个时期的历练，让我知道了财富的重要，我是没法乐贫的。

所以有人乐贫，我敢肯定，那一定是吃得撑着了的那类人的一种理想。

我没法乐贫，因为我小掌柜的经历，深刻感受了穷家过日月的难场。父亲在我 13 岁时去世了，我们一大家子散成了五家子。我因为母亲的一场疾病，要借 10 块钱，在村里西家出，东家进，借了多半个村子，都没能借来那治病救人的 10 块钱。因此，我咬着牙，痛下决心，一定要想方设法弄钱了。当然，偷和抢我是不会干的，但在我意念深处，那两个恐怖的字眼，也曾阴气霍霍地闪现过，只是由于严格的家教，把那两个字眼，死死地束缚住了而已。

那么我能怎么积累财富呢？

也许只能靠自己的两只手想办法了。我起早贪黑，自学了木匠手艺。我能打制非常好的风箱，还能打制婆媳妇嫁女要用的描金箱子，以及老人过世要睡的寿材……这让我的小日子过得渐渐有了起色。直到改革开放，我拉起一帮泥水匠，建立起一家小有规模的建筑队，出门进城，承揽建筑工程。那曾让我想去偷、想去抢的钱票子，从此就很容易地直往我的衣兜里装。然而这时，发生了两件事，让我又感到了乐贫的美好。

首先是我的母亲，在我把我挣回家的钱，赶在大过年的日子，堆在老人家的面前，老人家却一点儿都不高兴，两眼惊恐地看着花花绿绿的钱票子，手抚着她的心口，给我说了这样一句话。

母亲说：你要把妈吓死吗？

无独有偶，对我情有独钟的女友，后来的妻子，像我母亲一样，也是个怕钱的人。当时，她虽然没有说出母亲那么惊恐不已的话，却也言三语四地表达了她的意见，不希望我往钱眼儿里钻。而最后让我痛下决心，坚决离开钱场的是她说的这样一句话。

　　她说了：有钱的男人，有个学好的吗？

　　这句话可是太决绝了，虽然我不能完全同意她的观点，男人有了钱就不学好，但也没法驳斥她。因为我们所能看到的一个现象是：贫贱夫妻百事哀，却大多都能相扶相携过日子；而富裕的男女，钱多生邪念，很少恩恩爱爱，便是硬撑着出双入对，也不难看出伪装的痕迹来。

　　女儿吴辰旸就要出国留学了，是夜，我们家人坐在客厅看电视，不知什么原因，我脱口向她说了这些往事。女儿默默地听着，到我把自己说得都觉无味时，我便不说了，而女儿却似意犹未尽，让我继续说。但我再也提不起往下说的兴趣了，于是，我给女儿就这个话题说了最后一句话。

　　我说：乐贫是有条件的，也是要有资格的。

2013 年 7 月 22 日西安曲江

甭熬咧！睡

题目是母亲在我 20 岁左右的时候给我起的。

那时候我与母亲相依为命在老家的小院里，我们顶梁柱的父亲，去世了几年时间，兄弟五人的大家庭，因此拆分成了五个小家庭。我最小，还没成家，母亲放心不下我，就带着我，分门立户在村口上的一个半截院子里。开始的时候，我 15 岁不到，走出校门没多少日子，农家生活的方方面面，还都非常懵懂，一切都由小脚的母亲来操持，孤儿寡母，自然过得极为艰困。记得母亲病了，高烧好几天，村里的赤脚医生，给母亲开了药，开了针，可是不多的几元针药费，却把母亲和我难住了。家里拿不出那点儿钱，我就到村道上来借。借了一条街，只借回了几个鸡蛋，拿到村里的小卖部，换了几枚小钱，只在医疗站取了些药片儿，拿回来给母亲吃。一生受苦的母亲，也是体质好，吃了药片，高烧退了，病也好了。这件事，对我的刺激太大了，我不能保证家庭富裕起来，但我必须在母亲生病的时候，要有给母亲疗疾的钱。

我自学起了木匠活儿。

七十二行，在农村，木匠是个最受尊重的手艺，人称"门里匠人"。一道门，泾渭分明地把匠作之人，分为门里和门外两类：箍瓮钉锅、补席接铧等，都是门外匠人，到了吃饭的时候，主人家舍碗饭、舍个馍，还要从他们的工钱里扣出来；门里匠人就不同了，像木匠、油漆匠，那是要高接而来，一天五顿饭地伺候着，到活儿做成后，还要远送而去。便是高接而来，远送而去的日子，主人家都得大大方方地割一刀子肉，提一两瓶酒，拿一两条烟，再请几位有头脸的人，陪着把匠人好好地待承一番。我没有别的办法可想，看到了木匠行的这一优势，就全身心地来学了。

所以自学，是因为生产队的那种农村组织，我找不到投师学艺的机会。

无师可投，我倒也学得得心应手。首先从农家要用的木杈、锅盖、板凳等小农具、小家具做起。做得有模有样了，就又做起大点儿的农具和家具，譬如风箱、架子车，譬如箱子、柜子，仔细地揣摩制作窍门和特点，先给自己做，做出名堂了，被人请了去，到了人家门里，来给人家做了。我不能使自己闲下来，哪怕被人请了去，傍晚回到家里，在瓦数不大的电灯泡下，加班加点地还要继续做。我在家加班加点做的风箱，是我们乡左卖得最好的，别的匠人卖10元，我的卖12元；我做的架子车，也是卖得最好的，别的匠人卖20元，我的卖24元；而且是，我做的箱箱柜柜，桌椅板凳，也都卖得不错。常常是，还没做成，就已卖了出去。这对我是种莫大的鼓励。我在家里加班加点干得更起劲了，干得熬夜熬到母亲睡在被窝里，睡得一觉醒来，看我还在灯下黑汗、黄汗地干。母亲心疼了，她催促我休息。

母亲说：甭熬咧！睡。

母亲不止催促我一遍，我放不下手里的活儿，母亲还会再一次地催促。嘴上催促不成，母亲会从被窝里爬出来，下到炕脚底，来夺我手里的活儿。这就成了我和母亲每天晚上都要上演的一场现实版生活剧。

我和母亲的现实版生活剧，演出了多少个夜晚？我没有计算过，只记得从我15岁起，一直持续到24岁。我从村里走了出来，很少再做木匠活儿，前后有10年时间。

此后的我，暂时地放下了木匠工具，拿起了我所期待并十分热爱的自来水笔，坐进了机关单位的办公室，以及大学的教学楼、新闻单位的写字间，干起了文字的活儿。这一干，差不多都快40年了。舞文弄墨，最是熬人了，特别是我53岁时的那一年，从工作的西安日报转移到文学创作的岗位上来，我是把毕生的精力都用在了这一追求上，自然的又如我年轻时在母亲的眼皮子底下，熬夜做木匠活儿一样，又熬夜码起文字来了。

这些日子，雾霾呼呼的，像是水泥稀浆一般，压迫着西安这座文化古都。气象部门以官方的名义，公开提醒市民，注意防霾，可能的话，一定要减少户外活动。我有这个条件，把自己彻底地变成一个"坐"家，大门不出，二门不迈，老老实实地码自己的钢笔字，练自己的毛笔字。即便如此，我的气管和咽喉，还是受到了雾霾的影响，咳嗽多了，痰也多了。前天晚上，我熬夜熬得不断咳嗽，以致不能很好地入睡。是日清晨起来，我的微信"嘟"的一响，顺手打开了，是远在英国读博的女儿发来的。她关切地问候我：咳嗽了？

女儿的问候，让我的心里一暖，眼眶也为之一热，以为父女之间，有那么一条神秘的管道，能够千里万里的感受得到对方的欢喜或不适。我给女儿回了三个字：还可以。

女儿对我关心，我幸福地埋在心里，没有告诉我的妻子。但我接下来的夜晚，熬夜码字熬得更为兴奋，熬过了

10 点，熬过了 12 点，却还不知疲倦地熬着。10 点的时候，妻子催促了我一次，她说："甭熬咧！睡。"她催促过后，自己钻进被窝里睡去了。到她一觉醒来，看我还在熬，她就又催促我了，要我"甭熬咧！睡。"可我不听催促，依然熬着，让睡在被窝里的妻子，像我母亲当年不能忍受我熬到深夜，下床来，撵到我跟前，抢夺我的木匠工具一样，来夺我手里码字的钢笔了。

此一时也，我不仅从妻子的口里听到了母亲曾经对我的催促，还从妻子的神态上，看出了母亲曾经对我的关切。我感动着妻子，说她像我老娘一样，"甭熬咧！睡。"老娘当年就这么催促过我，现在你又这么催促上了我。妻子不为我的话所动，她说了，老娘的话你听了吗？你没听！我现在说你，你还是不听！你说我咋办呀？啊？我只有给你女儿说了。

妻子说到这里，我想起女儿问候我的话，一下子明白过来，我晚上咳嗽，肯定是妻子微信告诉了女儿，女儿才微信关心我的。我回转头来，看向催促我的妻子，觉得她和我的母亲，在这一刻，血肉相融地成了一个人！我说不出别的话来，把她像我母亲曾经催促我说的话轻轻地重复了一遍。

我说：甭熬咧！睡。

2015 年 12 月 16 日西安

风水满树花

　　都是些听来的传说，听了还都不止一次两次，听得俗人克敬都有些真假难分了。过去是父亲给克敬传说，父亲已经传说成了祖坟里的一堆土丘。克敬就要接过父亲的传说，给自己的后人传说了。

　　今年清明的日子，俗人克敬带着自己的后人回到西府的老家上坟。阳光明媚的天气下，克敬奇怪在向自己的后人传说时，突然起了一股风，祖坟前燃烧的纸灰跟风而起，像是一只只的鸟儿，扑棱棱旋飞着，有一些就落在了那棵很大的杏树上了。而杏树上花正灿烂，粉艳粉艳的杏花，招来了一群一群的蜜蜂，嗡嗡地在花蕊上喧闹着。俗人克敬晓得，赶在麦黄时节，老杏树上会是又一季沙甜沙甜的大黄杏。

　　俗人克敬痴迷地看着老杏树，眼睛里有了泪花的闪动。

这是俗人克敬过去看惯了的景象。父亲在世时，像克敬带着后人上坟一样，也会痴迷地看着老杏树流泪，默默地，使后生家总能体会到一种实实在在的伤心。在父亲的传说中，克敬一伙后人天南海北地都走了出去。如果方便，清明时节，都会赶回家来，聆听父亲伤痛而骄傲的传说。

克敬现在做了父亲，现在带着自己的后人给他们传说，像父亲当年的传说一样字正腔圆，伤痛而骄傲。因为是风水的传说，就很空阔神秘。克敬端详身旁的后人，后人正抬头望远，眼睛越过那树粉艳的杏花，全是密匝匝的麦苗，全都起了身，连天接地一片墨绿。克敬想象得到后人会像克敬当初聆听传说时一样，会无端生出一种旷远无助的悲凉感。

俗人克敬给后生认真地传说着。

从前，祖上请了风水先生，给老人看坟地。祖上的土地不多，村南村北，村东村西都有一些，零零碎碎，像是土地上的一块一块破补丁。祖上带着风水先生，走了南，走了北，还走了西，把祖上的土地走得只剩下东面的一片杏树林了。那一年的杏树，在两个小年（歉收的年份）过后，是一个出人意料的大年（丰收年）；杏儿经过一个春天的孕育，在初夏麦子将黄的日子，全都露出一张亮黄的脸色，突出在杏树绿蓁蓁的枝梢上。祖上黑白不歇地守着那一片杏树林，免得被村上的娃娃糟蹋了。杏树林的收成，是祖上一家日常的用度，怎么能让娃娃糟蹋呢？因为要给老人看坟地，祖上从丰收的杏树林走出来，也就是几袋烟的工夫，这就发生了传说中的故事，发生得让人毫无思想准备：密匝匝的杏树林梢，忽地飞起十几只花斑（一种西府常见的鸟儿）。这群花斑的鸟巢都垒在杏树上，祖上和它们已经很熟了，花斑一年到头，什么时候生蛋，什么时候孵小鸟，什么时候迁徙走了，什么时候又迁徙回来，祖上都很熟悉。这时候扑啦啦惊飞起来，没有别的原因，肯定是村上的娃娃乘机窜进杏林偷杏儿吃了。

祖上的后人一直诚实地跟在祖上身后，年轻人眼亮腿脚快，已经看见爬上杏树的娃娃了，跃身往前飞跨而去，张嘴要吼偷杏的娃娃时，祖上声音压得低低的，却又不失威严地招呼他的后人：甭吼喊！甭往前撵！

风水先生有点儿不解地望了一眼祖上。

祖上感觉到了，腼腆地笑了一下，说：杏儿就是娃娃馋的，偷吃几个又有啥？可千万不敢把娃娃吓咧，猛生生冲过去，把娃娃吓得从树上跌下来就不好了。

风水先生会意地点了点头，和祖上以及祖上的后人，都静静地等在远处。等到偷杏的娃娃从树上下来，鸟兽似的逃奔去了。祖上这才招呼风水先生转到杏树林去，可是走了几步，风水先生不走了。

风水先生把他拿来的罗盘合起来，装进背在肩膀上的褡裢里。向祖上抱拳道贺了：主儿家，这坟地咱还看个啥？就是那片杏树林了，风水宝地啊！子孙必然满堂，子孙必然孝贤。

风水先生捋着胡须，一脸的虔诚和恭敬。

没有说的了。祖上把坟地自然地选定在杏树林里，一辈又一辈，到俗人克敬这一辈，不知晓都有多少辈了。总之，原来的一片杏树林，到如今只剩下一棵老杏树了。

杏树虽老花不老，年年都是一树花，和祖上的传说一样，鲜活在后人的心头。俗人克敬给自己的后人讲着祖上的传说。相信克敬百年以后，克敬也成了祖上，克敬的后人会带着他的后人到祖坟上来，看那满树粉艳的杏花，讲那不老的传说。

2004 年 4 月 9 日西安后村

一枚麻钱的过失

这个祖上肯定不是《风水满树花》中的祖上了。

俗人克敬一族中，凡是入了祖坟的人，都是克敬的祖上。他们的肉体消失了，他们的传说不会消失，会有他们的后人往下代代传说的。

这个传说中的祖上，读了几年私塾，识了字也识了数。他在他的老祖带领下去菊村卖辣子，祖上背了一个小背篓，老祖背了一个大背篓，背篓里装的都是西府线辣子。

辣子有红，辣子有青，是西府人锅灶上少不了的一道菜。

祖上种植线辣子，有他一套独特的经验。育苗时少不了鸡粪，栽秧时少不了鸡粪，到辣苗儿长起来了，更是少不了鸡粪。祖上就养了一群鸡，平时关在鸡圈里，收鸡蛋，攒鸡粪。到辣苗长起来，辣苗上生出虫子时，就把鸡撵进辣子地。鸡吃虫子，鸡拉屎，既灭了虫子，又肥了地力。于是，有一个很长的时期，祖上早起撵着鸡去辣子地，晚上撵着鸡回家，鸡鸣人吆喝，成了祖上留给后人的一幅美好的田园画。

卖辣子也就成了祖上神圣的一个事项。

辣子新鲜时卖鲜辣子，辣子穿起来风干了就卖干辣子。祖上在他的老祖带领下，那一次去菊村街卖的是红红绿绿的鲜辣子，一大一小的辣子背篓往街市上一扎，当下吸引了许多买主围上来。

祖上的辣子在种植上独特，在街市上也独特，卖得总是比别人家的快。老祖招呼买主过秤，祖上招呼买主交账。祖上随身带了一个小册子，收一笔账，在小册子上记一笔。祖上和老祖正忙着招呼买主时，街对面有人高腔大嗓子唱起了一段口谱：

辣子青，辣子红，

我背辣子来菊村，

菊村有个花不楞，

拽住我腰带门里进，

……

进了门里做什么呢？常到菊村街卖辣子的祖上当然知道，与花不楞的漂亮姐儿在一起，还能做什么。祖上的脸红了一下，知道是菊村街的暗窑子盯上他和老祖了，在招呼他和老祖进门做好事哩！祖上的心便有些分神，向街对面看了一眼，果然有一位穿红戴绿的妙人儿，水汪汪的一双眼睛，朝他和老祖的身上瞟着。

就是这一刹那的分神，祖上算错了一笔账，向一位买主多收了一枚麻钱。白纸黑字地记在祖上的小册子上，回到家对账，一下子就对出来了。祖上没有把这多出的一枚麻钱当回事，高高兴兴地报告给了老祖。

如果祖上不是那么兴高采烈，不是那么得意扬扬，老祖也就不会太认真。显然，祖上的态度惹得老祖不高兴了，指着祖上的鼻子喊了一嗓子：把钱给人家退回去！

多收容易退回难。

祖上回忆起来那一枚麻钱是向一位老婆婆多收的。此后的日子，祖上逢集就到菊村街去卖辣子，三、六、九的集日，祖上一天都不落。辣子新鲜的时候卖鲜辣子，辣子收回来晾干了卖干辣子，一年四季，在菊村街上，祖上一边卖辣子，一边寻找那位老婆婆。为了方便找到老婆婆，祖上还用白布写了一幅小幡子，扎在一根竹棍上，插在他的竹背篓上。小幡子由新变旧，由旧变破，祖上又换写了一幅新小幡子，但就是找不见那位老婆婆。

祖上在私塾的学业完全荒废了。可奇怪的是，祖上的生意却越做越兴旺，他们家里的辣子显然经不起祖上卖了。祖上就在菊村街租了门面，把他多收人家一枚麻钱的小布幡子挂在市头上，做起了既收辣子又卖辣子的生意。一个人忙不过来，祖上还雇了一个伙计，把单一的辣子粉成末，做成酱，腌成罐，成批量地往西面的陈仓发，往东面的长安发，百里千里的大主顾都成了祖上店里的客。

祖上还是没有找到那位老婆婆，而祖上的老祖却因年事太高，撒手西归了。

祖上全面担起了辣子店的责任，也担起了找寻那位老婆婆的责任。

祖上干脆刻了一块匾，把布幡子上的内容照搬到金漆大匾上，并且声言：凡帮助他找到老婆婆的人都有高额奖赏。

祖上找寻老婆婆极为耐心。有人提醒祖上，老婆婆怕和你的老祖一样，都已作古了。而祖上仍然不改他的耐心，坚持不懈地找寻着老婆婆。这使祖上的辣子店更加兴旺发达。一个伙计不够用，雇了两个；两个不够用了，雇了三个；……到头来，伙计不断增多，祖上就把辣子店的分号挂进了省城；再后来又出省挂到了四川、湖南、贵州……

每一家分号的门头上，都挂着祖上多收老婆婆一枚麻钱的事情，和祖上找寻老婆婆退还一枚麻钱的决心和耐心。

俗人克敬听父亲讲着祖上的这个传说，常常会想，祖上后来找到了那位老婆婆没有？父亲没有说找到，也没说没有找到。俗人克敬现在又要讲给自己的后人了，克敬不晓得自己的后人听了会有什么体会，不过俗人克敬现在体会到了祖上的用心：教育自己的后人，诚实处世，信誉为人。

一枚麻钱的过失，成全了祖上的一个大生意。

2004 年 4 月 10 日西安后村

三张蒸熟的蚕种

因为一枚麻钱的诚实，祖上的生意做大了，不晓得又传了多少代，这就传到了一位女当家的手上。女当家的传说，在祖上的传说中，不能说是最精彩的一个，却绝对是最传奇的一个。

俗人克敬听父亲讲述祖上的这位女当家的传说时，已到父亲预知他不久人世的前夜。那一夜在克敬的印象中特别地黑，特别地长，也特别地冷。克敬守在父亲的炕头上，不晓得黑黢黢的天什么时候下起了大雪，风刮着雪花从门缝里往进挤。克敬看着父亲蜡黄的脸上，一双眼睛特别地明亮。

父亲给克敬说，他的时间不多了，他是听他的祖上在生命的弥留之际传说给他的，他也得赶在这时候传说给克敬了。

父亲气息奄奄地给克敬传说——

祖上从四川向西府的老家押解银子，路过秦岭时，大雪封山，祖上迷路了，偏又遇到一帮山匪，杀了跟他的两个伙计，他也受了伤。祖上昏迷在荒山野岭之中，想他也没救了。但是祖上渐渐地感到身上的热度，祖上试探地睁开了眼睛，才知晓他躺在一个小庵里。有一位眉清目秀的尼姑，两手抓着雪团，在祖上赤裸的胸腹和腿脚上揉搓，尼姑的揉搓无微不至，颇有章法。祖上醒来后，脸上浮起一抹羞色。尼姑意识到了，但尼姑并不往心上去。尼姑一副菩萨心肠，她一门心思想的是救人一命。尼姑没有因为祖上的羞涩，而停止她的揉搓。一团一团的白雪，在尼姑持续不断的揉搓中，融化在了祖上赤裸的肉体上……祖上的手能动了，脚能动了。祖上伸手动脚，企图阻挡着尼姑耐心的揉搓，但祖上阻挡不住，尼姑还是按着她的章法，一团雪、一团雪地在祖上赤裸的身体上揉搓着，直到祖上自己坐了起来。

尼姑低着头，对祖上说：冻得僵死的人，不敢急取暖，要慢慢地来，这才有个救。

祖上就流泪了。

尼姑又弄来一些草药，捣成黑糊糊的胶样，给祖上的伤口敷了药，还找来长长的白布，撕成绺绺，小心地把祖上的伤口包扎起来。

祖上得救了。

为救祖上的性命，尼姑的一双手却患了严重的冻疮，化脓流血。但尼姑仍闲不下来，一日三餐地侍候着祖上的吃喝。到祖上完全康复，雪消回家时，整个人胖了许多；而尼姑自己却明显地瘦了下来，一双静若止水的秀目，深深地陷进了她的眉骨下。

尼姑把祖上送出秦岭的小庵门。

祖上对尼姑央求说：跟我回家吧！

尼姑回身进了小庵，关了庵门。

祖上听见了尼姑在小庵门里压抑的哭声。

过了些日子，尼姑再次打开小庵门时，看见祖上骑着一匹高头大马，穿着礼袍，戴着礼帽。在祖上的身后，是一长串的迎亲队伍。唢呐声声中，有一乘四人小轿，装扮得喜气洋洋，颤颤悠悠地抬到了小庵的门前，稳稳地停在了尼姑的身边。

尼姑坐上了轿子，进了祖上的家，当了祖上的女当家。

女当家也确实会当家，家里家外料理得井井有条。更绝的是，女当家从秦岭小庵带来了一纸秘方。也只是几样普通的草和虫，按一定的量焙干碾细，封在一根一根的麦秆里，有哪家女人血多止不住，担一瓦罐的自酿醋提来，女当家取出两根麦秆，剪了头，吹在醋水里搅匀，提回去喝了，女人的流血即止。祖上的生意因此又有了新发展。

然而，女当家也会老，老得在祖上去后时日无多，自己琢磨也该攥着祖上去了。

女当家立了一个规矩，她的秘方传媳不传儿。

女当家见惯了祖上一些男儿的荒唐，仗着腰里有两个钱儿，不是宿娼，就是耍钱。她立下这个规矩，说透了，就是谁领受了秘方，谁就是当了这个家。让谁当家好呢？女当家给祖上生了两个男娃，娶了两房媳妇；女当家之前，祖上还有一房婆娘，一直不曾生养，在女当家一连生养了两个男娃后，她有幸也开了一次怀，生了一个男娃，如今也已娶了妻成了家。三个男娃，一对半在外照顾生意。家里的三个媳妇，都围在女当家的身边转，看上去也都孝顺乖巧，女当家不晓得由哪一个接班更合适。

女当家就把三个媳妇叫到跟前来，给了她们一人一纸的蚕种，让她们分头孵种养蚕，谁养的蚕大丝多，就把秘方传授给谁。

安排了这件事后，女当家坐了一辆马拉轿车，到外面看生意去了。女当家都去看了哪些生意，没人能知道。八八六十四个日子过去，女当家又坐着马拉轿车回了家，洗罢脸，还没顾上喝茶，大儿媳就把一箩筐的蚕茧端到女当家的屋里来了，蚕茧白白净净，差不多一样的肥大。女当家抓了一把，凑到眼皮下看了看，夸奖说：不错！不错！

二媳妇跟着也进了女当家的屋。

二媳妇端给女当家的已经缫成了丝，一部分丝还织成了绸和绢。女当家伸手摸了摸，又是一通夸奖：不错！不错！

三媳妇低垂着头，缩在女当家屋子的暗影里。

女当家向三媳妇招了招手，让三媳妇往她跟前来，问：三媳妇你的蚕茧呢？

三媳妇把一纸蚕种从袖口里取出来，又送给了女当家，说她又蠢又笨，至今连蚕卵还没孵出来。

女当家满意地笑了。把三媳妇拉着坐到她身边，取出一串黄铜钥匙，交到了三媳妇的手上，说：从今往后，这个家就由你当了。

大媳妇对女当家喊不公。

二媳妇对女当家喊不平。

女当家不急不躁，说她分给三个媳妇的蚕种，都是上锅蒸熟的，你们怎么能孵出蚕种？又怎么能养成蚕茧？更怎么能缫丝织锦？

真相大白，大媳妇、二媳妇都没话说。过了几日，却有讨债的闯进门来，向大媳妇和二媳妇讨要购买蚕茧、丝锦的钱。原来大媳妇、二媳妇都想取巧，自己养什么蚕，织什么锦？女当家又不在家，到她回家来，在外面买好的蚕茧、好的丝锦拿给女当家看就是了，待以后自己接受了秘方当了家，还愁没钱给人还？

这下可好，没逮着狗，连铁索也带跑了。

传说到这里没了后话。俗人克敬就很纳闷儿，祖上的传说，只这一个不常传，只有父亲也将入了祖坟成为祖上时，才无可奈何地悄悄地传说给了克敬？是觉得不光彩吗？

俗人克敬实在觉得没有什么不光彩的。

俗人克敬还知晓，祖上的女当家把她治疗女人血崩的秘方，忠实地一代一代传下来，传到 1949 年，在家族人等的共同协议下，非常高兴地捐献给了国家，使更多患者获得救治。

俗人克敬便想，我们后人应该感到光彩的。

2004 年 4 月 10 日西安后村

铁花飞溅的账桌

西壕不大，前不着村，后不着店，像是一口被随便扔掉的锅，凹在俗人克敬老家的荒地里。小的时候，克敬给家里的猪羊打草，会转到西壕去，那里总有克敬打不完的夫子蔓、胖婆娘、麦禾瓶等等猪羊好吃的野草。但克敬到西壕去，却总是提心吊胆。原因是西壕的崖壁上，有许多废弃的窑洞，黑麻麻地让人怯惧，偶然地蹿出一只野兔，也会把克敬吓得提了草笼跑掉。

可就是这么荒凉的地方，突然地有了烟火。

克敬发现生起烟火的人已不年轻了，一脸的胡碴儿，像是一根根烟火熏黑了的钢针。孤身一人的他清理出两孔老窑，在一孔洞开的窑口，他用胡基扎起很好看的窑门和窑窗，而在另一孔洞开的窑口，他用胡基盘起了一个铁匠炉。克敬惊喜地看见，他的铁匠炉生着火，艳艳的火苗，在他"呼嗒、呼嗒"拉动风箱的节奏中，忽儿旺一下，忽儿弱一下，照得他的脸膛，也一忽儿亮，一忽儿暗。他是铁匠哩，克敬心里就有一种莫名的兴奋，草也顾不得打了，向火焰喧腾的铁匠炉靠近……有几步就要到铁匠炉旁了，却听到一声严厉的吆喝。

是父亲的吆喝："远一点儿，看火溅了你！"

果然地，铁匠从火炉的盖板下抽出一块红铁，撂在黑铁的砧子上，锤起锤落，叮叮当当，溅得火花流星一般，四处飞溅，吓得克敬后退了几步。

父亲亲切地笑了。

铁匠也亲切地笑了。

一来二去，克敬与铁匠混得很熟了，而克敬感到，父亲与铁匠更像是朋友一般亲热。父亲把他栽种的旱烟叶子取了一叠，很友好地送给了西壕的铁匠。而西壕的铁匠，则给父亲打了一把剃头刀相赠。西壕铁匠打得了镢头锄头，打得了斧头镰刀……但最见功夫的还是他的剃头刀。父亲把铁匠赠送他的剃头刀拿回家，小心地开了刃，又小心地磨到明光闪亮，随便地揪了一根头发，搭在刃口上，嘬嘴吹了口气，头发在刃口上立马断成了两截，喜得父亲直说："难得！难得！"

孤身一人的铁匠，是哪儿人？叫什么？从哪儿来？

克敬曾天真地问过铁匠，但被父亲挡了回去，嫌克敬娃娃家多的什么嘴，不该问的别问，不该知道的别知道。因此，手艺颇为高超的铁匠在克敬心里成了一个谜。天长日久，认识和不认识铁匠的，用过没用过铁匠所打器具的人，都把他叫西壕铁匠。

父亲不许克敬打听西壕铁匠的身世，可他自己却问过了，知晓西壕铁匠坐过监，刑满释放了，脸羞不想回原籍，就到西壕随便地落了脚。父亲还打听到他没有女人，就积极地为西壕铁匠说女人了。当然姑娘家的，西壕铁匠也不敢奢望，父亲也说不出口。就有一个甘省（西府把甘肃省简称甘省）的寡妇，带着一个女儿讨饭来到西府。原想可能要费些口舌，结果父亲一张口，铁匠、寡妇都没说的。父亲就让甘省寡妇先在家里住了下来，让母亲帮忙做了两身新衣，缝了两床新被，择了个好日子，铁匠、寡妇就在西壕的窑洞里成了亲。

有了男人的甘省寡妇，时间不长，肚子就很凸出了，到来年他们成婚的日子，便给西壕铁匠生了一个大胖儿子。胖儿子的哭声特别嘹亮，使孤寂的西壕一下子显得生机盎然。

胖儿子哭了一天一夜，都没能从甘省寡妇的大奶头上吮出一口奶水。甘省寡妇就给西壕铁匠说，买一只奶羊吧，她生养女儿时就没奶水，只盼这一回养儿能有奶水，到头来还是没有。甘省寡妇说得很伤心，西壕铁匠安慰了几句，停了一天炉火，赶了一个集，牵回了一只带羔的奶羊。回到西壕，当下把两只小羔子放了血，一只送给了克敬的父亲，一只他们炖着吃了。

西壕有的是草，甘省寡妇的女儿不费多大事，就能把奶羊喂得很饱。克敬常来西壕打草，和甘省寡妇的女儿耍得很熟。有一日，克敬打好了草，甘省寡妇的女儿放好了羊，两人就在一起玩游戏，先是"腌酸菜"，后是"占草窝"，都是西府乡下娃娃常玩的把戏，玩得累了，就到西壕铁匠的火炉旁去休息。

西壕铁匠的火炉旁只有一把柴凳，经常地摆在烟熏火燎的账桌前。克敬就抢着坐在了柴凳上，看西壕铁匠火花四溅地打铁。看得烦了，顺手拉开西壕铁匠账桌上的抽屉，克敬毫无拿一分钱的念想，只是看看抽屉里的分分币和毛毛钱，散散乱乱地摆着，就很有方寸地把分分币和毛毛钱区别开来，分门别类地整理着……完全没有料到，父亲什么时候也到西壕的铁匠炉子上来了。

父亲叫着克敬的名字。

父亲轻柔的叫声，让克敬心里一惊，这可不是他的风格哩。雷神一样的父亲，什么时候这么轻声柔气地叫过克敬呢？只有在克敬做错了事情的时候，父亲的叫声才会这般轻柔，透着亲切。

克敬的屁股像装了弹簧，噌地从柴凳上站起来，撞了一下拉开的抽屉，把克敬几乎都要整理清晰的分币和毛票，又都撞得乱乱的了。

克敬躲着父亲往出溜，但是躲不过父亲的烟锅头，追着克敬的屁股，抡起来，重重地打了上去。打得克敬像只挨了枪子的兔子，腾空跳了一下，屁股顿时感到火烧了一般刺疼。

西壕铁匠见状，赶紧过来，拉住了父亲的胳膊，劝着父亲说："没啥没啥，都是自己的娃娃。"

父亲却不吃劝："自己的娃娃没错。越是自己的娃娃越要懂得守规矩。"

西壕铁匠红了脸说："是我不对成吗？"

父亲也红了脸，说："不成。让他小东西要长记性，啥时候啥地方，都不能翻人家的账桌，到人家账桌的正面走都不成，都是少教没规矩。"

说了这一通道理后，父亲的态度和缓下来了，还给西壕铁匠道了歉。

克敬自然记下了父亲的指教，也记下了父亲打的那一烟锅。是夜睡在炕上，烟锅打了的地方又肿又疼，父亲把克敬拉着翻了一个身，又从他的烟锅里掏出一些黑油似的烟屎，抹在克敬屁股的肿疙瘩上。

父亲抹的时候还问："记下了没?"

克敬回答："记下了。"

确实是记下了。俗人克敬如今年逾半百，回想走过的日子，再没有犯过动人账桌的错误，甚至见了人的账桌，自觉地要躲开一段距离。

俗人克敬还记得，父亲在克敬红肿的屁股上抹了烟屎，到天亮，肿消了，红去了。俗人克敬就很纳闷儿，烟锅里抠出的烟屎，怎么还有这样一种作用?

2004 年 4 月 11 日西安后村

肉红酒香的席桌

现在想吃西府的水席，已经成了俗人克敬心中的一个奢望。

不比现在流行的热炒，鸡鸭鱼肉的，再配以洋葱洋芋西红柿、水芹蒜薹胡萝卜等等的时令菜蔬，荤素搭配，的确有水席不能比拟的优势。但水席在西府流行了千百年，如俗人克敬一般年纪的人，知晓早些时候，或逢年过节，或婚丧嫁娶，都要请来厨子，盘锅垒灶，支案搭棚，开上一顿传统的水席。

所谓水席，自然是不动炒锅的，自然要省油得多。这是西府人的智慧，又要俭省，又不能刻苦自己和客人，怎么办呢？办法大的人家，就办大事，杀一头猪，宰两只鸡不在话下。杀猪时要弄得猪大叫，宰鸡时要弄得鸡大啼，非得弄出大动静来不可。这是一种宣扬，更是一种证明。

办法小的人家，就办小事，杀不起猪，鸡是非宰不可的，杀鸡时也尽量不让鸡啼叫出来，同时差人到附近的集市上，悄没声息地割一刀肥猪肉，再拣几根猪骨头回来，与猪肉上剔下来的骨头一起和着煺了毛的鸡在一口大锅里煮，咕嘟嘟……咕嘟嘟……常要煮上一个晚上，煮得一锅的白汤。这一锅的白汤，就是水席上的味道了。白汤的味道好，水席便没得说；白汤的味道差，水席的味道就差。西府的厨子都知晓熬煮白汤的重要，也都练得一套熬煮白汤的绝佳手艺。有了一锅好白汤，别的东西就好准备了，白菜豆腐粉条萝卜几样配菜，洗净淋干，或者切成段，或者切成块，滑进滚水里过了，上席时装在碗里，浇上一勺的热白汤，保证让人要流口水。西安东二环的一口香食府，继承了西府传统水席中的水煮白菜和水煮豆腐两道菜。在都市，人吃腻了大鱼大肉，野味海鲜，都奔那儿去换口味。吃过了，都说好：清淡利口，爽喀！俗人克敬就没少往一口香食府送钱。

当然了，西府水席的盖碗肉，是最隆重的一道程序。杀了猪的人家把猪肉片得手指头厚，没杀猪的人家则把猪肉片得纸一样薄。这里有个讲究：宁缺一餐客，不缺一桌席。这就是说，红烧了的猪肉厚薄不要紧，每一桌的席上，都必须在大托盘四角的菜碗上，错开来各自盖上三片肉。

水席的形致大有讲究，在一个方形的大托盘上，四角相对，分别安置的是水煮白菜和水煮豆腐，四面相对，分别是水煮粉条和水煮萝卜，中间的那一碗，是唯一的一道炒菜——胡萝卜烩蒜苗。九大碗的格局，不能多了，也不能少了，多了则满，少了则亏，九这个数不满不亏，好运吉祥。

　　为什么只在四角的菜碗盖肉呢？而且还只盖三片？这也是个讲究。西府的水席，在一个方桌上三面只坐六人，留下一面为席口，设了专人，斟酒卸馍，侍候席客吃喝。而四角的盖碗肉，统共一十二片，每个席客两片，寓意席客出门见喜，好事成双。

　　俗人克敬多长了个眼色。在给门中一位兄长娶亲的日子，克敬的职责是走趟儿（端盘子送菜送馍）。克敬发现一个席桌的席口上人不在了，吃席的客人自己斟酒自己喝，自己夹馍自己吃。克敬便自觉顶了上去，在席口上给客人斟酒夹馍。克敬的个头还没长起来，斟了酒给上席的客敬，够不着了，一只手跷在身后，一只手擎了酒杯往上递……当着执事（总管婚宴）的父亲瞧见了，在一旁轻声柔气地叫克敬。

　　因为是喜庆的事，克敬积极补台，没有觉得自己哪儿有错，听到了父亲的叫喊，也没太往心上去，坚持着把一杯酒敬给了上座的客人，这才应声去见父亲。

父亲把克敬叫到一个背人处，让克敬把两只手伸出来。克敬心里还觉蹊跷，才把两手展平，就招了父亲狠狠的一烟锅。

父亲把声音压得很低却很严厉："敬客咋敢出一只手？人家都是新客（新媳妇的娘家人），看你这少教没规矩的样子，不怕人家背后笑话！"

克敬遭了一烟锅打的手心，立马肿起一个包，尖锐的痛感钻心地疼。本来克敬还想辩驳几句，看着黑煞神一样的父亲，委屈的眼泪，蓦地涌出眼眶，扑簌簌直往脚前掉。

父亲仍然一点儿妥协都不露，转身又忙他的事去了。而克敬自己，擦了一把眼睛上的泪，揉着手上的肿包，又去端菜端馍地跑趟儿去了。

当晚回到家里，克敬还有白天落下来的课堂作业，从同学处借了题目，点起一盏灯，认真地做着作业，慢慢地把白天挨了父亲一烟锅的事都忘了……可是，因为那一烟锅的责打，完全破坏了克敬的兴致，忙了一天，只顾侍候客人，把自己的肚子耽搁咧，到这时咕咕咕咕地叫起来了。

克敬踅摸着要去吃一口，却闻到一股浓浓的肉香味，直冲鼻子而来。克敬抬头看时，父亲正站在克敬的身后，脸上挂着慈祥的笑，把一个热腾腾的肉夹馍递到了克敬的嘴边。

　　克敬把白天憋在眼里的泪水，赶在这时候倾其所有全都抛洒了出来。泪水跌在肉夹馍上，克敬不管不顾，大口地嚼着，大口地咽着，心里头早已理解了父亲，晓得他是怎样刻苦地指教着他的儿子。这让进入不惑之年的克敬想起来，仍然是不绝地感动。

　　　　　　　　　　　2004 年 4 月 10 日西安后村

虫子吉祥

◆

第三辑

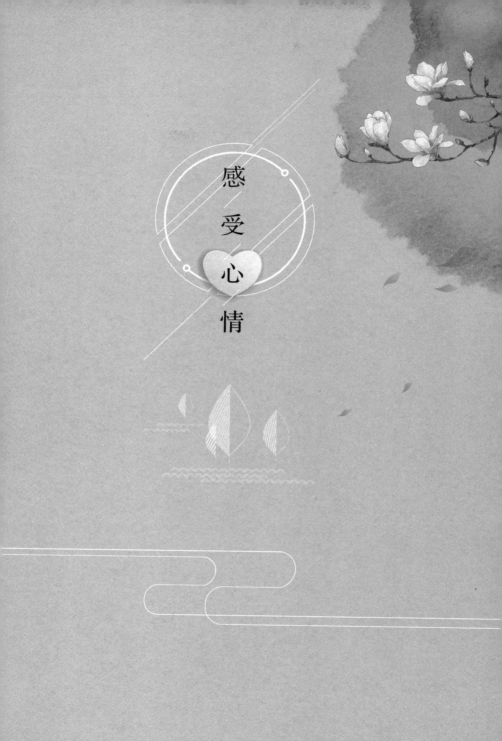

感受心情

发脾气的小牛

初生牛犊不怕虎。那年的腊月天，我到哈尔滨的虎园参观后，真正地为古人这句总结而感动了。因为都是新闻圈的人，虎园的管理者给我们讲了一些注意事项后，忍不住还讲了一个小牛吓退群虎的故事，听得大家无不哈哈大笑。

那头小牛的犄角还没有长成，从皮毛里刺出来也就两寸长的样子。小牛是虎园买来喂养老虎的，平时都是人把牛杀了，割成一块块地喂老虎，那天耍了个懒，把小牛放进虎园，任由养在其中的二十多只老虎自己去噬食。不料出现了让人尴尬的场面，老虎先还抖擞着威风，向小牛攻击，把小牛逼到铁网死角，再没有退的余地了，小牛发了脾气，用它稚嫩的犄角向老虎反攻，把逼到近处的一只老虎顶了个四脚朝天，其他老虎头尾倒转，落荒而逃。管理者拿出照片让我们看。只见逃跑的老虎满眼惊慌，狼狈不堪，一边逃跑，一边还回头张望，那神态竟然有些哀求和讨饶的意思了。

在农村生活了许多年，对于牛是有认识的，不像马骡驴，看上去威风凛凛，很能讨人喜欢，关键的时候，其实是非常委顿的。听老辈人讲，西府靠山的地方，过去狼患不断，马骡驴面对狼的态度，先是逃跑，跑不掉时就呆呆地站着发抖。牛就不同了，不仅不会后退一步，还会奋起攻击，常常把狼撵得落荒而逃。

农村有一个特殊的活儿，就是调驹子、调犊子。不论马驹、骡驹、驴驹，还是牛犊，长到 1 岁半，就得调教着干活了。沉重的套子往驹子的脖子上一套，不听话，拿鞭子狠狠地抽一顿，只能乖乖地任人调拨，直到会拉车，会耕地……牛犊子却不吃打，打急了发起牛脾气来，横冲直撞，破死亡命，不是人伤就是它伤；有经验的人，都会耐心安抚牛犊，在牛犊的头上、脖子上摸摸，屁股上摸摸，让牛犊子理会了人的爱抚，才能很配合地学会一切农活。

什么"拍马屁"？我很怀疑古人在总结这个成语时弄错了，现实的情况是"马屁"只管鞭抽好了，"牛屁"才是要耐心地拍呢！

吓退老虎的小牛后来怎么样了？管理员轻描淡写地说，

杀了，喂了老虎了。

勇敢的小牛被购买来，原本就是老虎的一口食。老虎奈何不了小牛，有人给老虎帮忙呀。像小牛的许多同类一样，被人捅刀子放了血，再切块扔给老虎吃。我不敢想，心里老觉得不是滋味。本来把活生生的小牛放进虎园已经够残忍了，当小牛凭着自己的勇气，战胜了兽中之王活了下来，却难逃人的狠心。这是小牛的悲哀，还是人的悲哀呢？

完全可以让这头小牛活下来，把它养在虎园旁边，让来虎园参观的人，看了老虎后，也来看看小牛，相信参观者都会有一个别样的感受。

我是看不到小牛了。但小牛的形象深深地印在我的心里。面对凶猛的老虎，它高昂着头颅，挺直了犄角，天真而无畏。我敬佩小牛，热爱小牛。它是那么小，连犄角都没长全，正是个孩子呢！可它临危不惧，不哭泣不哀求，不退却不颤抖，勇猛地与老虎搏斗了。相信如我一样的参观者在知道了这头小牛后，都会为小牛而感动的。然而遗憾的是，我们都看不到那头小牛了。

人该怎样对待动物呢？这的确是一道难题。全社会现在都要保护动物，但我们的保护是有限的，只能保护大熊猫、金丝猴、老虎、狮子等等珍贵动物罢了。而对于猪、羊、牛、鸡、鸭、鹅等供人食用的动物，还需要保护吗？依据人类自私的牙齿和无底的胃囊，确实还没法保护，但对它们中的杰出者，难道不能保护吗？像这只打败老虎的小牛，真是不该由人把它抓起来杀掉，大卸八块喂老虎。

让以弱胜强的英雄，成为手下败将者的口中餐，实在是太不公平了。

2003 年 12 月 12 日 西安后村

想 念 山 豹

"金钱豹袭击少年，两家犬搏斗救主"，是一篇纸质媒体的新闻标题，制作不是很突出，平平淡淡的一十四个字，却像一十四块石头，砸得我的眼睛生疼，让我蓦然想起，30 年前曾集体猎杀了的那只山豹。有许多年了，我为那只被猎杀的山豹而痛苦，而难过，心中满含着一种深深的负罪感。

我总以为，我们猎杀的那只山豹，是北山里最后一只豹子。因为此后，在当地人称为北山的地方，再没有发现一只山豹。

北山横贯了扶风、岐山、凤翔的北部地区，山大沟深，林草丰茂，一直延伸到麟游、长武、永寿一带。这次发现的山豹，就在这一地区的姚家沟。2001 年 12 月 5 日的早晨，姚家沟 14 岁的少年小尹，随父亲到沟坡的地里去耕种，路过一堆玉米秆时，那只山豹出现了，举起前爪，在小尹的头盖轻轻一拍，小尹就被血帘罩住了眼睛。小尹不知道袭击他的是山豹。他没见过山豹，不像城里的孩子，在公园里还见过关在铁笼里的山豹。山豹在山村少年小尹的意识里，像是一个遥远的传说，山豹于他是陌生的。他剧烈的惨叫声，惊得他的父亲回过头来。父亲与小尹在山路上已经走得拉开了很长的一段路程。父亲才一回头，就看见了豹子，看见了被山豹袭击倒在地上的儿子。父亲早些年经见过几次山豹，他晓得山豹的习性，惊惧和绝望，像是又从山崖扑来的两只山豹，让小尹的父亲眼前发黑。意识告诉他，赤手空拳的父子，在这无助的山沟，也许只能是山豹的一顿美味。

从家里撵来的两只狗，救了主人的性命。勇敢的家犬，一只前冲，一只后咬。山豹在两只家犬的夹击下，搏斗了一阵儿跑了。家犬救下了受伤的小主人，而它们却双双受到伤害，一只狗的鼻子被山豹撕掉，一只狗的前腿被山豹抓伤。

山豹的出现，对于姚家沟的尹家，无疑造成了一场灾难；而对于恢复生态之美的陕西北部山区，却是一件大大的喜事。"想念山豹"的作品题目，就是在这种矛盾的心情中产生的。尹家的不幸遭遇，让我大为同情，同时却也有了一种赎罪般的释然。我们曾经猎杀的那只山豹，不是最后一只，它还有"香火"继承者。我要告诉这只突兀显身的山豹：我爱你。但你也要提高警惕，藏起来，藏深了，好好活下去。

我不想隐瞒我的错失。我们那时候都还不懂得保护动物，都还不知道山豹的珍贵，都还不晓得人与动物，皆为自然界的一分子，人与动物应该成为亲密的朋友。

20 世纪的 70 年代，我们村在北山的马鞍桥种着几块飞地。秋收时节，生产队长懒娃带着我们初中回村劳动的一伙小青年，到马鞍桥来收大秋。马鞍桥为扶风县的地界，跨过一条深沟，高大得一览群山小的六角台，却是麟游县的地方。正值深秋时节，山的颜色变得丰富起来，红、黄、橙、绿，四色杂染，仿佛一幅绝美的风景画。我们无心赏画，繁重的劳动，让我看见什么都激动不起来了。好像正在马鞍桥的一处阴坡地收黑豆，我们听见了六角台的惊呼：

"噢——山豹！"

"山豹——噢！"

抬起头来朝六角台的方向望去，看不见山豹，也看不见人影，而我们还是少有地激动了一次。等到惊呼"山豹"的声音渐渐消失，我们也已经不为山豹吸引，全都弯着腰收黑豆。这时，山豹却撞进了我们惊恐的眼睛：浅黄的毛色，夹杂着铁钱一般大小的褐色斑点，长长的尾巴。它与我们瞬间站立起来的一群人面对面对峙在黑豆地里。山豹焦躁地摇着尾巴，钢鞭似的扫得它身边的落叶和枯草飞扬起来，衬托着威猛的山豹所特有的霸气。

北山无虎，豹子就是山大王。

如此近距离地面对山豹，我们毛骨悚然，血往脸上涌。不知是谁挥动了他手中的镰刀，我们全都挥舞起来。十几把明晃晃的镰刀，在空气中挥动出一股血腥味。山豹的尾巴不扫了，喉咙却发出了"呼呜！呼呜！"的轻啸。我们以为山豹要扑来了，跟着也吼起来。空旷的山谷，响彻了人与山豹的吼哮。然而山豹未动，我们也未动，人与山豹对峙着，小眼瞪大眼……大约10分钟的光景，山豹慢腾腾地转过身，慢腾腾地走了。走了三步，还不忘回过头来，做了一个龇牙咧嘴的怪相，这才撒开步伐，跳跃着消失在一片灌木林里。

初识山豹，我们一时还顾不上害怕，等到山豹的踪影从我们的视线里消失，我们才都瘫软在黑豆地里，说不清道不明的泪水，悄没声息地涌出眼眶，挂满了我们脏污的脸腮。

遭遇山豹的残酷现实，迫使生产队长懒娃用三斗玉米的代价雇了一位猎户，扛着火铳、铁猫上山来了。

猎户有了三斗玉米的报酬，做起事来特别地负责。他扛着火铳，站在我们收秋的地头，过一会儿，便地动山摇地放一铳。放的次数多了，我们都能嗅到空气中的火药味儿了。然而猎户的铳鸣声，并没有唬走山豹，我们又几次听到六角台山豹啸吼的声音。猎户便有了一种想法，嘴里忿忿然地咕哝着："收拾了狗日的！"

猎户收拾"狗日的"山豹的办法很原始，把他与火铳一起带上山的大铁猫拿出来，张开弓，安置在了一棵大树下。那是一棵老杏树，黄得一派富贵的杏树叶子，金灿灿让人炫目，晚上，山豹在那棵老杏树下拉了一泡屎，猎户便很有把握地在这里捉拿山豹了。

守株待兔的猎户，把铁猫下在老杏树下半个月，连根山豹毛也没逮着。我们便嘲笑猎户了。猎户却不急不恼，对我们说：豹子是好抓的？好猎户一辈子，也不见得能抓到一只山豹呢。可就在我们与猎户调笑的那天晚上，山豹又到老杏树下拉屎来了，山豹不知道这里已有猎户下的铁猫，到了老杏树下，就再没有走得开。

山豹的两只前爪夹在弓力极强大的铁猫里。到我们和猎户发现时，山豹已在铁猫里夹了一个晚上、半个白天，山豹也和凶狠的铁猫搏斗了一个晚上、半个白天。搏斗中，山豹把它的一只前爪用它的利齿啃断了，脱离了铁猫的束缚，另一只前爪仍悲惨地夹在铁猫里。在我们发现山豹时，凶猛的山大王不知是累了，还是昏死了过去，静静地蜷缩在老杏树下，流血染红了一大片老杏树的落叶。

猎户兴奋起来了，两只眼睛因为兴奋，红得像两束燃烧的火苗。猎户又是冷静的，他不让我们靠近山豹，远远地站着，手里还都拿着与山豹初遇时的镰刀。因为有猎户在，山豹又夹在铁猫里，我们不再害怕，我们热切地看着猎户怎么收拾这只山豹。猎户向山豹投掷了一块小石头，山豹没有动；猎户又投掷了一块小石头，山豹仍然没有动。我们哇哇哇哇地喊：死了！山豹死了。猎户仍阻止我们盲动，他自己更有耐心地蹲在山坡上，为他的那杆火铳装药。猎户的火药装得极有耐心，三眼的火铳装了有一个时辰。装好了药，猎户不朝山豹放，他怕火铳伤了山豹的毛皮。猎户把他的火铳朝着山豹蜷缩的高空，"嗵嗵嗵"放了三响。山豹还是没有动。

猎户的心放下了。他确信山豹已经毙命，放下火铳，把腰上的一条布带紧紧地煞了一煞，从我们手中讨了一把镰刀，别在腰带上，朝山豹一步一步走去……猎户没有防顾，山豹突然地直立起来，前爪带着那个沉重的铁猫，连着铁猫拴在老杏树上的链锁，激烈地响着。我们眼睁睁看着山豹，顷刻把猎户扑倒在身下。猎户的头发连着一大片皮肉，被山豹的爪子撕下来，贴在了他的面门上。豹子总是这样，第一次的袭击都是直取对方的脑袋，无论是人，还是别的动物，这是豹子轻车熟路的一个技能。猎户的眼睛先黑下来，他毕竟是个与动物打过交道的猎户，他表现得特别镇定，本能地伸出手，抠住了山豹的一只眼睛，这使他有机会从腰带上抽出镰刀。雪亮的镰刀砍向了山豹的脖子，一下，两下，三下，迅如疾风的三镰刀，刀刀命中山豹要害，山豹颓然地倒在一边。而猎户，也是用尽了他最后的力气，稀稀软软地躺在山豹身边。

我们喊猎户，喊得声音嘶哑了。猎户没有动，山豹也没有动。一个受伤的人，一只受伤的山豹，先是猎户伤了山豹，后是山豹伤了猎户。一人一豹，就那么寂静地倒卧在老杏树下。山风吹落了杏树叶子，一片一片地覆盖在血泊中的猎户和山豹身上。我们没有办法，只有等待，静静地等待。等待中看见猎户醒转过来，把山豹抓下来的头皮自己又掀上去，伸着颤抖的手，在山豹歪在一边的脑袋上拍了拍，招呼我们过去。我们这才靠近了猎户，靠近了山豹。当天，即在队长懒娃的指挥下，匆匆地送猎户下了山。同一辆架子车上，也拉着死去了的山豹。

猎户没有死。山豹肉、山豹骨、山豹皮所卖获得的钱物，刚好够给猎户疗伤。猎户的脸上留下了很大的缺陷，但他日后还自豪地给人吹：我用镰刀砍死了豹子。

猎户还留下了山豹前爪上一根弯弯的爪齿……猎户把山豹的爪齿拴在了他的烟锅袋上。在我们懂得人与动物（当然包括山豹）要和睦相处的道理时，我常会想起那只山豹，想起猎户炫耀般拴在他烟锅袋上山豹弯弯的爪齿。

我们猎杀的那只山豹还有"香火"继承者，让人虽觉释然，但负罪的心情仍旧不能彻底解除。这不只是我个人的感情，而是我们人类应该永远承担的责任：热爱山豹！热爱所有如山豹一样的动物。

而我惊讶的是：我们的同胞还是那么麻木，甚至堪称残忍！

到广州出差时，主人邀请我们到一家名气颇大的餐馆吃饭。正吃着时，包间门被敲开了，进来了一个人，他说给主人看一只"大猫"。我看见了那只大猫，我站了起来，"大猫"不就是一只"山豹"吗！

我戳穿了推销者的"谎言"。同来的客人也都惊惧地站起来。而宴请我们的主人却很平静，拿眼睛看着我们，征求着我们的意见。我们客人都坚决地拒绝了。

想不到会在餐馆里见到山豹。我惊讶的眼睛一直盯着看，拴着一根绳子的山豹，确实像一只大猫，牵在推销者的手里。山豹没了一丝一毫的野性，很驯顺地随着推销者的牵引来去。在它脖子拴上绳子，绝不是怕它还会腾空蹿起来咬人，而是防备它逃跑。

从山豹进了我们包间的那一刻起，它一直用全身的力气向后缩，它蓬头垢面，皮毛毫无光泽。它本来应当充满野性的眸子里，此时只有恐惧和乞求。威风凛凛的山豹，何以会是这样一副神情，我感到一阵心冷。直到山豹被牵出包间，我听到了一声低啸，才确信，山豹还是山豹，它是不甘心窝窝囊囊地成为"打边炉"里的一道菜。

一顿饭吃得没情没绪。脑子里山豹可怜的身影总是挥之不去。理智告诉我，在这家餐馆，不管山豹愿不愿意，它迟早会成为一道名贵的菜肴。它失去的是它的生命，而人类将失去什么？……时间过去了近一年，在我的意识里，常常还会出现那只被称为"大猫"的山豹，它的目光是无助的，无奈的，悲伤的，惊恐的……我晓得，这是因为我在一个不应该看到山豹的地方看到它。我可怜的山豹……

我爱山豹。我爱山豹一样的所有动物。

2002 年 12 月 29 日 西安后村

想 念 山 猪

　　山猪，算不上什么稀有动物。别说与凶猛的虎、豹、狮子、熊相比，更别说与漂亮的熊猫、金丝猴相比，就是与狼、狐狸相比，山猪都比不过。城里的动物园，什么动物都养，就是少见养山猪的。山猪长得难看埋汰，不招人喜欢。

　　然而我想念山猪。所想就在那一个"野"字上。

　　家猪我便不想。岂止不想，好像还有一种深深的厌恶和嫌弃。原来还吃家猪的肉，如今血脂高了，血黏度高了，连猪肉都不吃了。都是猪，山猪就不同了。因为它的"野"，你没法不喜欢。

　　因为它"野"，在我们那里把它叫山猪，在别的地方是叫野猪的。

　　中央电视台的《实话实说》栏目，就为山猪做了一档专题。那确实称得上一桩难题，京郊密云县山区一位老大爷，被山猪整得不轻。几年了，玉米种在地里还没成熟，土豆点在地里还没长大个头儿，就被不期而至的"芳邻"，一窝种群不断壮大的山猪给糟蹋了。开始与山猪为邻，也就一对山猪"夫妇"，吃去一垄半垄的玉米土豆，善良的山区老大爷不觉得是什么。现在成了问题，一对山猪"夫妇"，繁殖到今年，已经成了一大群，老大爷的全部种植物，都被山猪糟害了，还不够呢。

京郊密云县山区老大爷的困惑，同样发生在我们西安市郊长安区的沣峪、涝峪、祥峪等峪口里，那里都有山猪的踪影。最严重的涝峪口里，山猪也已成了群，与村民捉迷藏似的周旋着，害得当地村民有种无收，已向政府提出要求：要么我们猎杀山猪，要么山猪逼我们死。

矛盾也是十分尖锐了。

山猪不能猎杀，群众还得生活。政府能有什么好主意呢？央视为此也讨论了，许多专家也站出来想办法。我在电视机前看了全部讨论过程，觉得所有的意见有道理，也没道理。从密云县那位老大爷无可奈何的神情看，大家为他出的主意，没有一条他能用得上。事情就是这么悖谬。一方面要保护山猪，一方面又要保护庄稼，这是个矛盾的对立体，不到具体事中去，是没有办法想的。

我想念山猪，是因为我与一头山猪的友谊。

在我们村租种的马鞍桥山地，那头可爱的山猪不期然地进入了我们的生活。好像是1970年3月，我们一帮回乡青年被生产队指派上了马鞍桥。当天晚上就见到了那头大山猪。瘦筋筋的山猪的身上，稀稀拉拉生着一层黑毛，两只獠牙又弯又长。让人欢喜的是，这头山猪还是一位"母亲"，它溜达着靠近我们居住的窑院时，身前身后围着六只活蹦乱跳、嗬嗬瞎叫的山猪崽。

歇冬的季节，马鞍桥飞地的劳力都撤下了山。山猪鸠占鹊巢，竟住进我们的窑院了。怎么说都是一件让人哭笑不得的事。

我们到马鞍桥窑院时，离天黑还有半下午的时间，山猪跑到山坡撒野去了。我们在拾掇锅灶炕铺时发现，山猪不仅住进了我们窑院，还刨开了储存在窑院的土豆窖，把窖里的土豆当作它的食物，吃得一个不剩。这还得了，这可是我们留下的土豆种呀！与我们一起上山的生产队长懒娃躁了，大骂山猪不是东西，发誓要把野东西收拾了。

队长懒娃上山时，带来了生产队的一杆三眼火铳。其时装了火药和弹丸，排在窑院前山猪出没的路口上。

3月的乔山山脉，桃花开了，杏花开了，近处的马鞍桥，远处的六角台，花团锦簇，风摇树动，满山都是花的香气。我看见那头山猪了，还有它的一伙山猪崽。因为做了"母亲"，它爬两步山坡，都要停下来，左顾右盼地看看。看看哪只山猪崽没在身边，就会对着哪只呜呜吼两声。

这时的山猪是慈祥的，温顺的，有着一种博大宽厚的母性。我被那头山猪感动了。恰在其时，队长懒娃他们一排火铳同声炸响，震得山摇地动。大山猪在铳鸣声中突然一个直立，又迅速扑趴地上，把六只山猪崽护在肚腹下，抬头向铳鸣的地方看了一眼。就是在这时候，我发现大山猪的一只眼流着血，剩的那只眼，仿佛像合了两只眼睛的冷光，向铳鸣地方看来。我们身上立马胆怯得直生鸡皮疙瘩。

队长懒娃是知道山猪的无畏和勇敢的。惹了山猪，不啻惹了一只山豹，它是要和人拼命的。一排铳火，没能要了野东西的命，他赶紧招呼人撤回窑内，用木杠顶了窑门，迅速地向火铳装药。然而山猪向上冲了一程，突然又停了下来。它肯定是听到山猪崽们的呜咽声才停下冲击的，然后，极不情愿地掉转身，收拢起它的六个"儿女"，隐没在满山花红的树丛中。

做母亲的大山猪，像是难忍火铳袭来的仇恨，和我们展开了不屈不挠的斗争。预留的土豆种糟蹋没用了，生产队长又从别处调来土豆种，切了块芽，拌了草灰，领着我们在山阴地里，起垄种了下去。好像山猪的鼻子对着土豆的味道，才种到地里，它便一路嗅着跟来了，把下在地里的土豆种翻吃得一塌糊涂。队长就组织我们分班守夜，扛着火铳，保护土豆种不被糟践。持续了半个多月，土豆种发了芽，长出一蓬一蓬的新绿，却再未见到山猪的踪影。

我便想，山猪或许从此远离我们，遁迹人烟罕至的地方。但就在土豆即将成熟的 6 月，那头山猪和它的一窝儿女又出现了。这时候的土豆地，葱葱茏茏，绿意盎然，白色的土豆花开得绚丽芬芳。山猪好像惦记着土豆地的美丽芳香，一回来就蹿进了土豆地，翻得半垄土豆秧死花落。

　　料事如神的队长懒娃在山上呆了些日子，到春种一毕，他就下山去了。临下山时，他把山上预备的一只大铁猫翻出来，教我们使用的要领。他一再强调，山猪还会回来。等着吧，土豆成熟时节，山猪一定会回来。

　　山猪回来了。留在山上的我们几个小青年，都感到一种莫名其妙的兴奋，大家七嘴八舌，最后集中到一起：逮住狗日的，杀了解口馋。

　　我们按队长懒娃的指教，把铁猫抬出来，安置在山猪出没的路上。是夜，天空晴朗，星河灿烂。空气中弥漫着一股醉人的气息。只有此起彼伏的虫鸣，在沉静的夜色里弹奏着一曲神秘的山野小调。我们隐藏在山阴的一丛灌木林背后，密切地盯视着山猪的出现……已经是后半夜了，才发现那头山猪大摇大摆地暴露在亮如白昼的月光下。它的六个儿女也都长大了，簇拥着傲慢的母亲，仿佛它们长嘴獠牙的母亲，是山猪群落里的女皇。

　　山猪群向我们山阴的土豆地移动。已经移动到铁猫附近了，我们的心都提到了嗓子眼，既盼望猎到山猪，又害怕猎到山猪，紧张地盯着走走停停、寻寻觅觅的山猪们。做母亲的大山猪，有着百倍的警惕和警觉，它首先看见了铁猫，铁猫于它好像已不陌生，它知道铁猫的不怀好意。跟随它的一窝儿女，也看见了铁猫，它们显然还不晓得铁猫的叵测居心，全都兴奋地围上去。铁猫张开了的口子下，系着一块油馍。油馍吊着山猪的胃口，抢先扑到铁猫跟前的山猪，伸出长长的嘴巴，就要叼着油馍时，后腿被及时赶到的母亲咬住，头一摔，抛到了一边。经验老到的母亲撵开了围上来的儿女，率领它们绕开了铁猫，走进了土豆地。在土豆地里，母亲放纵着它的儿女，一个一个把长着獠牙的长嘴，像犁锋一样插进泥土，向前拱着，就有拳头大的土豆从泥土里滚出来，被它们脆脆地吞食掉。

也许是安置的铁猫惹恼了那头大山猪，它在鼓励儿女饱餐一顿后，使足了野性，把一片很大的土豆地拱得天翻地覆。

怎么办？我们手里有火铳，却没敢放。

消息传到山下，懒娃队长又上山来了。他带来了村里另两杆火铳，和另外两只铁猫，他发誓非收拾了独眼山猪和它的儿女不可。但此后的一切努力，都成了白费劲。山猪不见了，像是群山里的几滴露水，蒸发在空气中了。

我们为山猪而纳闷儿。那只山豹却来了。在我们与山豹对峙的那一天，那头做母亲的山猪，和它的一群儿女竟然奇妙地不期而至。山猪们不计前嫌，勇敢地站在了我们一边，一起与豹子对抗了。

　　与山豹的对峙，让我们一伙刚出中学校门的小青年失魂落魄，手里挥动着镰刀，怎么看都是一种虚张声势。山豹不惧怕我们的手舞足蹈。山豹的临阵退却，是它看见了那头山猪和它的一群儿女，亦不怀好意地向它逼来了。

　　当时我们都只惊惧了山豹，而没有发现久别的山猪。强悍的山猪，只要人不为难它，它也是不为难人的。山猪的天性里有极强的地域感，有极强的种群观念。这头为母亲的山猪，把我们耕种的山地一带，俨然划归它神圣不可侵犯的领地。山豹的侵入，山猪焉能视而不见？

　　英勇的山猪，率领它已经长得十分健壮的儿女们，像一股旋风，追着山豹的身影而去……

　　队长懒娃傻眼了。他看着迅速遁迹的山豹，迅速扑追的山猪，嘴里喃喃地说："我的山猪，我的神仙！"

　　我们也都如队长懒娃一样，傻傻地观看着眼前的变故，心里都倏然升起一股对山猪的无限感激之情。

　　我们跟着队长懒娃呢喃："我的山猪，我的神仙！"

2003 年元月 6 日西安后村

染彩的小鸡

那是一只天鹅，那是一只白鹭，那是一只大雁……一群纸糊的飞鸟在春日和煦的轻风里飞起来，奋勇地飞着……这些叫作风筝的飞鸟，忽而下滑，忽而高翔，以它们千姿百态的滑翔，丰富着蓝天的美丽。

新城广场满是休闲的人群，大人孩子一家子，聚在这里，充分享受着春日的温馨。欢声笑语里，有太多的人昂起脖子，努力地放飞着自己的欢乐。人群里还夹杂着不少的生意人，他们兜售着饮料、玩具、胶卷以及形态各异、做工各异的风筝。总之都是能让大人乖乖地掏钱，满足孩子欢乐的玩意儿。

还有卖小鸡的！扁扁的箩筐和大得有点儿夸张的竹篮子里，挤着一团团毛茸茸的小鸡，叽叽喳喳地叫着。所有的小鸡都染着鲜艳的色彩，有的黄得似迎春花，有的红得似鸡冠花，有的蓝得似野山菊……五彩缤纷，很是招惹人的眼目。

城里是不准养鸡的，大人们实在不忍心糟蹋了这些可爱的小生灵。但孩子要啊。有太多的孩子拽着父母，蹲在卖小鸡的地方，怎么说都不走了。孩子们水汪汪的眼睛，直跟着染彩的小鸡转溜，东瞧瞧，西瞅瞅，小嘴儿乐得合不拢。也难怪，孩子们生活在钢筋水泥的森林里，很难与自然亲密接触，冷不丁见到那么多染彩的小鸡，还能不觉稀奇？还能不爱得伸手？想一想，城里的孩子也怪单调的，布娃娃、塑料熊、塑料兔、陶瓷猪、陶瓷猫等等的玩具，都只是机械的制造。现在跑进眼睛里的，满是毛茸茸的染彩小鸡，自然要爱不释手了。

一只染彩的小鸡也不贵，1块钱的样子，大人拗不过，也就给孩子买了。而我却为孩子们的爱心忧伤着，他们哪里知道，这其实是一种罪过，当然卖小鸡的小商人是其罪魁祸首。为了有一点儿小赚头，他们竟然不顾颜料的有害成分，花那么复杂恶劣的心思，把小鸡染得面目全非，要不了多久，所有染彩的小鸡都将死于非命。

卖染彩小鸡的生意看来还不错，广场上到处都是玩小鸡的孩子。给小鸡喂米花，撵小鸡奔跑。仔细地寻觅，已有不少毙命的小鸡，蹬直了小爪子，睁圆了小眼睛，僵硬在树丛里或草地上。而活着的，被带回家的染彩小鸡，其命运也不会好到哪儿去，它们脆弱的生命不可能获得一个温良安全的环境，它们很快又会成为宠物猫、宠物狗嬉戏的对象，不久便会在猫狗的追逐和主人们的欢笑声中结束娇弱的生命。也许孩子们会为死去的小鸡伤心一会儿，但很快就会忘得一干二净。

可怜的染彩的小鸡，它们的出生，其实即意味着死亡。

卖鸡的和买鸡的都知晓这一点，但都情愿不情愿地勾结起来，完成这样一个又一个残酷的游戏。城市张开了欲望的大口，释放着所有的贪婪和残忍，恶以善的面貌出现时，我们会有诸多迷惑，而丑与假以美的招牌出现，只有有心的人，才会感觉到隐隐的痛心。

为了孩子的健康成长，请善待小鸡。

2003 年 3 月西安后村

流浪的鸭子

　　缘分是个神秘的东西，不晓得那只小鸭子怎么就盯上我了，跟在我的身后，穿过了人群，走过了马路，亦步亦趋，心无旁骛，很坚定地一直跟着我走。

　　起先发现这只鸭子时，它孤独地在广场上的水池里游来游去，倒也自由自在。我发现了它，嘎——嘎——依着它的叫声学着，还伸出手来，做着与它沟通的手势，还真把它引导着，划动两只艳黄的脚蹼，欢快地游到我的跟前。我便把手里仅剩的一点儿面包屑扔给了它。它兴奋地吃着，吃一口，抬起头看我一眼，扑腾一下翅膀。我不晓得，它的这些动作，算不算一种感激。

　　逗着鸭子玩，我的心也快乐着，但我不知道这是谁的鸭子？逡巡四周，偌大的广场上，有那么多的人，谁是鸭子的主人呢？没有人注意这只孤独的鸭子，哪怕很近地从水池边走过，也没人理睬它，而且原来坐在小池边憩息的人，也都毫无牵挂地走了。我便想：这该不是一只流浪鸭子吧？

在这个人口不断激增的城市，有着许多流浪的小狗小猫。我供职的《西安晚报》，就报道过一位退休的大学教授，把他的家办成了一个流浪猫的收容所。几年的时间，已经收容了数十只，老教授的退休工资全都用来喂养流浪猫，终因猫的数量不断增加，已经入不敷出了。我为那位老教授的爱心感动着，在我面对同样流浪着的一只鸭子时，我却不知道怎么办了。

收养它吗？我是没有那个思想准备的。

我的工作太忙了，我没有那个时间照顾它，我就想着逃跑了。可流浪的鸭子像是看透了我的阴谋，扑棱着翅膀从水池里跃上来，跟紧了我的足印，不肯落下一步。我还扬着手撵它走，可它装聋卖傻，不管不顾地跟着我。我没有办法了，在不断埋怨抛弃它的主人时，不得不承认我和鸭子是有缘分的。

上了初中的女儿，疲惫不堪地回家来，撂下沉重的书包，本来是要冲着我撒娇的，却突然看见了偎在我脚边的鸭子，当下欢喜得抱了起来，一满的疲惫被这只流浪的鸭子冲击得又兴奋了起来。我给女儿讲了流浪鸭的情况，女儿更疼爱了，把她爱吃的萨其马、葱香饼都拿出来，托在手心里，让鸭子宽宽大大的嘴巴一下一下地啄，她却在一边直嚷嚷：别啄痛了姐姐！那个亲昵劲儿，好像她与流浪鸭是先天的一对好姐妹。

从此，女儿学习之余，所有乐趣都在流浪鸭的身上了。她给流浪鸭洗澡，洗过了还用吹风机小心地吹干。她给流浪鸭调配食物，开出的配料单上，有小鱼、小虫，还有青菜叶子和池塘的淤泥。我都不折不扣地弄回来，由着女儿喂，把个刚来时显得精瘦的流浪鸭，喂得已经很肥了，走起路来，左摇右摆，看上去更加有趣了。近来，女儿向学校交她的手工作品，做的竟是一双鸭脚上的鞋子，老师给了她一个少见的高分。她把鸭鞋的手工作品拿回来，给流浪鸭穿上，带着到小区溜达，引来许多惊奇的目光，不知是谁打了个新闻热线，我们城市的另一家报纸来了记者，拍了照片，发在他们的生活版上，在年终的新闻评奖中，还获了一个新闻大奖。

电视台的都市频道闻讯也来做了采访，原来的流浪鸭现在俨然一个新闻明星了。我原来还有一个担心，女儿因为宠爱流浪鸭而耽搁了学业。谁料想，女儿在把热情倾泻给流浪鸭的同时，也全力倾泻给了课业学习，在此后的几次学业测验中，成绩都很不错，排名从过去的中游位置赶超到第一集团。

　　流浪鸭不仅给我们家制造了许多的快乐，也为我们居住的小区制造着快乐。过去我懒得散步，锻炼，现在不行了，好像上天派来流浪鸭要根治我的懒病，一早一晚，它都要撵着我"嘎——嘎——"地叫唤着，直到我和它走出家门，它才又会乖顺起来，昂首挺胸地走在前头，姿态优雅地带着我去散步。小区的许多老人和孩子，也都卡好了这个点儿，一团一伙地追随着流浪鸭的脚步，阵势恢宏地走在热闹繁华的大街上……

　　我的啤酒大肚子，在持续的散步锻炼中，一点一点地平坦下来。高血压、高血脂、高血糖也都接近了正常的标准。

　　　　　　　　　　2004 年 10 月 30 日 西安太阳庙

鹅头也焗油

城南开了一条农家饮食街，去过的人都说花样多多，花钱少少，是很值得一去的。周末下午，我约了几个朋友，分头去了那里。

我去得早了，就在炊烟袅袅的饮食街上走着看着都有些什么花样。走不多远，即大为感慨了，市场经济的力量真是太大了，远在陕北陕南的饮食，近在关中东府西府的餐品，全都会集在一条街上了，口味五色杂呈，口音南腔北调，果然名不虚传，很有吸引力。正是用餐时间，开小车的，骑摩托车的，坐出租的，纷至沓来，拥塞了一条街。

倏忽，就看见了一头大肥猪，不是一般的大，有一吨多重的样子，四蹄站都站不起来了，就那么静静地卧在挂名陕南风味馆的门前，黑油油的，收拾得倒也干净。我便纳闷儿了，养一头大肥猪在门前干什么呢？很快我就明白过来了，冲着它这一身肥膘，吸引了不少的食客，去它的身边指指戳戳地，就进了它身边的大门用餐去了。我便想，敢情大肥猪就是门迎"先生"了！

再往前走，又看见了一只大绵羊，同样不是一般的大，半吨的重量过了，特别是那一身的毛，卷卷长长的，像是烫洗过一样，特别地白，一团滚滚的雪块似的，同样地吸引食客，不断地走近它，指指戳戳地进它身边挂名陕北风味的馆子。敢情这只羊是一位门迎"小姐"了！

再走下去，还看见了两只孔雀，两只锦鸡，两只猕猴，两只兔子……甚至还看见了一头黑熊和一头麋鹿。这些动物的门迎"先生"和"小姐"，应该是这条街上的一道独特的风景，大家到这里品尝农家餐饮是一个兴趣，在这里观赏形形色色的动物"门迎"又是一个乐趣。

正走着，就看见了那只大白鹅了。它长长的颈脖之上，那个小小的鹅头，被店主人尽心设计过了，每一片羽毛都由原来的纯白色染成不同的颜色，红、黄、橙、绿、青、蓝、紫，特别地抢眼，特别地拉人。

我靠近了大白鹅，看着总有些似曾相识的感觉。对了，此前不久，我在一家城内的美容美发中心收拾长乱了的头发，刚刚坐定，就见玻璃门外一个中年汉子，虽然也穿了西装，但从那西装的皱褶和他拘谨的神态，不难看出他长期生活在农村的背景，当然他的精明也在他的拘谨中得到有效地表露。他挤进门来，把背上的一个大背篓卸下来，打开蒙着的盖布，就看见两只鹅头同时伸了出来，并发出两声脆脆的高叫，把美容美发中心的按摩师、理发师和众多的顾客惹得大笑起来。

汉子也讪讪地笑着，说："给俺的鹅焗油成吗？"

当然不成。如果给他的鹅也焗油，顾客谁还到他们美容美发中心来，他们美容美发中心还怎么做生意，理所当然地，汉子和他的大白鹅被店里的人请出了门。可汉子还是不甘心，在门外狡辩着："多出钱还不行吗？"

在汉子的狡辩中知道，他背着大白鹅已转了多家美容美发中心，都被无情地拒绝了。

眼前焗了油的大白鹅，会是我此前见识到的那两只吗？不敢肯定，又不敢否定，但却拿定主意，就在焗了油的鹅"门迎"饭堂用餐了。我掏出手机，给相约的朋友一一打了电话。

大家到齐后，就在一个雅间里吆五喝六地吃喝开了。我的心里还牵挂着焗了油的鹅"门迎"，就赖着喝得较少，还佯装喝高了，到大堂来转悠。我的目的很明确，是想找到饭堂的主人，看他可是早先见到的那位给鹅焗油的汉子。功夫不负有心人，汉子还真被我发现了。他今天的表现比在美容美发中心时要自如得多，不断地吆喝指挥，不断地作揖打躬，和他饭堂里的员工交流，和闹闹哄哄的食客交流。

我便把他堵在饭堂里，很狡黠地说：别来无恙。

汉子没认出我来，怎么可能认得呢？只在美容美发中心一个短暂的邂逅，他的全部用心都在于为两只大白鹅焗油，他才不会注意别人呢。我向他做了简单的介绍，汉子当下乐了起来，说："别不给我的大白鹅焗油，我出钱哩，大钱呀！明里不答应我，到背后，尽是美容美发师，带着焗油膏，撺到咱店里来给鹅焗油。咱给大白鹅包了月的，每月都有美容美发师来两回，把我的大白鹅焗不漂亮，焗不出彩，咱辞了他的职！"

我不好再说什么，翻开手机的盖儿，拨打着我供职报社热线电话的号码……

2004 年 10 月 31 日西安太阳庙

乌龟·乌龟

　　村里有个小伙子叫乌龟。乌龟原来有个好听的名字，年轻小伙子谁会甘心叫个乌龟的名字呢？乌龟是在一个变故之后，才被人叫了乌龟的。乌龟不恼人这么叫，甚至希望人这么叫，听着，透着一种亲切，一种赞佩。

　　乌龟原来也是一个勤快人，有一把泥瓦匠的手艺。乌龟的女人上树打枣，跌下来摔瘫了。乌龟便嫌弃他的女人了：嫌女人懒笨，嫌女人唠叨，嫌女人瘫痪……发展到后来，乌龟竟出言不逊，大骂女人："你咋不死呢？死了我好再娶一个新媳妇。"

　　女人就是死不了。乌龟就出门喝酒去了，原来只是抽几根烟，这酒喝着烟抽着，就又上了赌桌，哗啦啦麻将一搓一整夜，输了钱就骂自己的女人，赢了钱就到外面找人家女人。左邻右舍看不过眼，去劝乌龟，自己女人忍不住，哀求乌龟，结果是一样的，乌龟我行我素，谁的话也听不进去，把自己的手艺也荒了。长此以往，坐吃山空，乌龟穷得一贫如洗，差点儿揭不开锅了。

没奈何，乌龟找出泥瓦匠的工具，跟人到后梁整修村里的小学去了。

乌龟一走，女人也死了心，不想活了，几次寻短见。活该女人命未尽，上吊绳子断了，喝农药是假的，女人便断了食，任凭左邻右舍的大娘和二妈怎么苦劝，一条面也不下咽，劝得紧了，仅只是张一张嘴，喝上一口汤。给乌龟捎话，人家却赖在小学工地上，死活不回来。

这一日，乌龟负责修缮一段小学的围墙。

村里的小学是由起早的一座小庙改建的。小学的围墙就是原来小庙的围墙，是什么时候起的呢？乌龟是不知道的，比乌龟辈分长的人也不知道。天长日久，围墙已有多处坍塌。乌龟修缮的这一段墙临着后梁背人的小河，墙基都是小河里的石头垫起来的。在拆除旧墙基时，乌龟发现了一个令他震惊的事情，有一只真正的老乌龟，压在墙基下的一块大石头下，探头探脑地，居然还活着。乌龟停下了手中的活儿，退后了几步，差点儿就要给这只垫墙基的老乌龟跪下磕头了。

老乌龟是神仙吗？压在沉重的墙基下，没日没夜地载重就不说了，老乌龟总得有吃有喝啊！不然，老乌龟怎么活得下来？

疑窦丛生的乌龟，心头惊异着，蹀躞着，这就看见一条小道，隐埋草丛里，直抵一道高坎下的小河。乌龟看见了一只老乌龟，从小河的石头缝里缓慢地爬出来，爬进了草丛里的那条小道，短粗的龟腿，轮换着向小庙的围墙爬来。它虽然爬行得很慢，特别特别地慢，不仔细看，就好像一只乌龟化石，不是自己在爬动，而是自然的风，轻轻地吹着它，慢慢地在移动……近了……近了……老乌龟极为识途地爬到压在墙基下的乌龟跟前，伸出了它黝黑的龟头，和墙基下的龟头对吻在一起，仔细地给压着不能自由的老乌龟吐着唾沫，白色的唾沫在两只老乌龟的嘴边上堆成了一朵花。

相濡以沫！在这一刻，泥瓦匠的乌龟流泪了。

乌龟拿着他的工具，小心地撬开了墙基下的石头，解放了久压下的老乌龟。因为压得太久太久了，解放了的老乌龟，暂时还不会自己爬行，乌龟就跟着返回小河去的那只老乌龟，把他解放了的这只老乌龟，也送进了小河里。

乌龟做着这一切时，想起了他瘫痪在炕上的女人，想起了他的种种恶行，顿然感到自己罪孽深重，后悔得抽了自己两巴掌，满眼是泪地回了家，给他的女人回话说："我是人啊！我还能不如一只乌龟！"

其实他女人已经断食七天了，仅靠着少量的进水维持着生命。见乌龟回了家，悔得满脸的泪水，还不知道乌龟是咋的了。乌龟就给女人讲了那两个相濡以沫的老乌龟。乌龟就做了饭，端来给女人喂，女人也就流着眼泪，一口一口地接着乌龟喂的饭，和着长流的眼泪吞进了肚子。

女人吃饱了，脸上有了些红晕，有了些喜色。

女人就嗔怪地说：你真是一只乌龟。

乌龟男人就等着女人的嗔怪。放在以往那是不行的，女人不能嗔怪男人，也不敢嗔怪。现在的嗔怪，一样的话语，却有不一样的效果，里边就有了夫妻恩爱的味道。

乌龟酒也戒了，烟也戒了，赌桌上再没了他的身影。他搜出自己所有的积攒，还东挪西借，筹措了一笔钱，把女人背到县城医院治疗。晚上守在女人的病床前，白天又到建筑工地做他的泥瓦活，人明显瘦了，精神却一天比一天好。是夜，万籁俱寂，病情渐趋好转的女人，痴痴地盯着乌龟男人看。

女人万分惭愧地说："我把你拖累了。"

乌龟也是万分惭愧地说："都是我上辈子欠你的。"

女人就笑了一下，说："下辈子你还要我吗？我也好认真还你。"

乌龟也笑了。笑得非常温暖。

2004 年 12 月 10 日西安后村

鸽子·鸽子

　　那对鸽子是朋友的房东夫妻养的，就养在两间小洋楼上，朋友住在下头，鸽子住在上头。

　　与鸽子为邻，朋友感到了诗意的栖居。象征着吉祥，隐喻着富贵的鸽子，常会悠然地飞落在朋友的车把上、车铃上、车座上，好像要摇响了铃、骑车而去的样子；更有甚者，还常会闲庭信步地走进朋友的房间，像一个主人似的，这儿走走，那儿走走。有一回鸽子居然走到一本书前，用它红艳艳的小嘴掀开书页，可能是书的乏味，引不起它的阅读兴趣，又抛开书本，踱到一边的电脑前，用它小巧的爪子，在键盘上咔咔地敲了起来。

　　可爱的鸽子，是要写一篇美文吗？

　　美文还没有开头，一场灾难不期而至：鸡感冒（禽流感）了！

感冒了的鸡，祸及一切禽鸟，鸽子也不能幸免。权威机构在 2004 年的春月，发动了一场特殊的战争，向可能流传病毒的禽鸟宣战了。一时之间，抛猫弃狗，杀禽灭鸟，大有一口把禽兽生吞绝后之势。在古城之南的高望堆村，大马力的机械，一个下午就挖了两个大坑，把周边三公里以内的禽鸟，能捉来的全都捉来了。数量之多，甚至来不及动刀子，一只一只地，装在一个一个的塑料编织袋里，抛进大土坑里，撒上一层厚厚的白灰，再埋上一层厚厚的黄土。

电视台直播了这一新闻。

朋友被新闻的画面震惊了。忽然就听见头顶上鸽子咕咕的叫声，怀疑鸽子也看见了电视上热播的这一新闻，也为自己的命运担忧了。因为在朋友听来，鸽子在这个傍晚的叫声，是那么的低沉、含混，甚至悲怆、哀伤……是夜，朋友失眠了，蒙胧睡去时，自己仿佛也变成一只鸽子，飞离了城市，飞离了乡村，飞到了莽莽苍苍的一片原始林地，那儿混沌未开，鲜花和绿草上，有五彩斑斓的蝴蝶在翩翩起舞。

咕咕咕，咕咕咕……醒来时，天已大亮，透过窗缝，朋友看见了房东夫妻像往日一样，爬上了楼顶，给鸽子送食、喂水。房东夫妻都老了，行动已很不便，但不妨碍夫妻俩喂养鸽子的热情。这一天，夫妻俩还打了一盆温水，端到二楼顶上，给鸽子们洗了澡，同时还消了毒。显然，房东夫妻在电视上也看到活埋禽鸟的新闻了。

房东夫妻的心里犯着嘀咕了。

为妻子的给鸽子搅着食盆，说："作孽呀！那么多活生生的眼睛，转眼都埋了！"

接着食盆给鸽子窝里送的丈夫接了话："啥错了，都是禽兽的错，人就没错了？"

夫妻俩的对话灌进了朋友的耳朵，他为之而震惊。灾难来时，总是要归罪给某一个动物，如此前暴发的非典疫情，就说是果子狸传染的，多少果子狸便都成为刀下冤魂；现在禽流感，打击面更广，所有长翅膀的禽鸟，就都成了人眼里的敌人。其时，人们惶惶然、茫茫然地看着周围的一切，特别是可能接近自己的禽鸟。朋友说了，他惧怕起头顶上的咕咕乱叫的鸽子，为了避免接触，把窗子关严了，还在窗缝粘上胶带纸，要出门了，也是快出快进，总要迅速地关好门板。

这是人的本能行为。

房东夫妻早已采取了措施，把鸽子关在笼子里，有好多天了，都没有放出来。过去是一天爬一次楼顶，现在是一天三次地爬，除了为鸽子送食、喂水、清扫鸽笼垃圾，还用他们平日与鸽子交流的语言，与鸽子互相说着话。

丈夫就说："该吃了吃，该喝了喝，没有啥担心的。"

鸽子就答应着："咕咕，咕咕。"

妻子也说了："是啊，有我们在，咱怕个啥！"

鸽子就答应着："咕咕，咕咕。"

房东夫妻为了鸽子的那一种坚忍，使朋友心头发热。更因有他们夫妻一日一日的劳作，又使朋友眼睛湿润。到了 5 月初的一天，也许是关得太久了吧，一只昨天还下了蛋的母鸽，卧在笼子里，神情是恍惚的，送食不吃，喂水不喝，这可急坏了房东夫妻，他们的脸上，亦蒙上一层不祥的阴影。

夫妻俩戴上了口罩，把这只母鸽从笼子里捉出来，带出门去。朋友当时以为要扔掉的，或交给相关部门处理。过了不长时间戴口罩的夫妻又把鸽子抱回来。他们找了一位养鸽的专家，开了处方回来，干脆不再送进鸽笼，而是养在他们的卧室里，与病鸽昼夜共处，精心调养……鸽子就又飞起来了，在房东夫妻的卧室里，转着圈儿飞，很快乐的样子。

可爱的鸽子，是要飞的，不能飞的鸽子，才可能生病……房东夫妻把鸽笼里的鸽子都转移进了他们的卧室，鸽子们在主人宽大的卧室里飞旋着的时候，城市里因为鸡感冒闹得阴云密布的天空，正缓缓地透出些亮色来。在卧室里飞旋的鸽子，即被房东夫妻放了出来，成群结伙地冲向蓝天。而蓝天也像获得安慰，变得更有光亮、更具温暖。

2004 年 12 月 16 日西安后村

喜鹊·喜鹊

　　北京消息，有户任姓家庭，院子里长了棵老枣树，春里来了一双喜鹊，衔来柴草泥巴，在枣树上筑起一个精致的鸟巢。初夏日子，鸟巢里多出两只小喜鹊，叽叽喳喳叫得倒也热闹。任姓主人心里喜悦，在院子撒了谷米，有意饲养喜鹊。是日，任姓主人外出，他养的那只宠物猫，不晓利害地跑到院子来，逮住了一只小喜鹊，三口两嘴地，撕吃得只剩一堆小喜鹊的羽毛。

　　任姓主人回家来，对宠物猫已有一番责备。

　　不依不饶的是两只老喜鹊，站在枣树枝上，愤怒地吵叫着，逮住机会，就是一个俯冲，刀子似的尖嘴，准确地刺在宠物猫的身上。也许是知道了自己的错，也许是经受不住强烈的攻击，一向很会卖乖的宠物猫，蜷缩在墙的角落，呜咽着，浑身抖得如同筛糠。原来洁白纯净的毛皮上，已有点点血印。幸亏主人回来，这才救了失魂落魄的宠物猫。

此后两日，恃宠骄横的宠物猫再没有走出屋门，待到渐渐地听不见喜鹊的啼鸣时，宠物猫这才缩头缩脑地溜出门来，依然惊魂未定的样子，走路也是顺着墙根儿，但它还是没有躲得开喜鹊的攻击。喜鹊从比较隐蔽的房背后飞出来，双双对着宠物猫，又是一场不依不饶的俯冲和撕咬，直到宠物猫狼狈地退缩进屋子里。

无独有偶，几乎在同一时间，古城郊区的长安柳林村，有一只黑背狼狗，也把一只掉下鸟巢的喜鹊仔吃掉了。老喜鹊岂容幼仔命丧狗嘴，从此结下了怨仇。黑背狼狗不敢外出，露头即遭老喜鹊的拼命攻击。攻击点不偏不倚，都在不大的狗头上，任凭黑背狼狗狂吠反扑，却也难奈喜鹊何。

消息发在西安的《华商报》上，记者记述现场观感，对那只凶猛的黑背狼狗，不无同情之词：往日两只天不怕地不怕的眼睛，看着翻飞轻灵的喜鹊，竟然满是恐怖之色，倒退着，躲避着，连续跌了两个大屁股墩！

上述两起事件，都只是我在报纸上的阅读，这使我对喜鹊有了一种特别的敬佩之情。下面所说，便是我前日亲眼所见了，当时即为喜鹊感动得泪流满面。

坐车去古城西南的周至县拜访一座古碑，快要到达时，车速慢了下来，而前面一长串的车辆，首尾相接，谁也走不快。我以为出了交通事故，但很快就又否定了，因为车速虽慢，却一直不停地走着。大约慢速走了 7 分钟的光景，我看见车队走成弧形的那个拐弯处，有一只喜鹊的尸体，横陈在路的中间。另有一只喜鹊陪伴着，一边哀鸣，一边用喙为死喜鹊梳理着羽毛。其情其景，令所有路过的车辆和人，无不黯然神伤，又肃然起敬。

　　汽车匀速缓慢地移动着，没有人鸣喇叭，也没有停下来，大家都向死了也不离不弃的喜鹊行着注目礼。此前，我只听说过"杜鹃啼血""鸳鸯殉情"等鸟儿的爱情故事，原来喜鹊一样忠诚自己的伴侣。不错眼地，我看着这对喜鹊，死者已矣，而活着的，眼睛里盈满了哀怨的泪水。

　　拜访古碑回程，本来还有一条路好走，而我还牵挂着那对患难的喜鹊，就又走上这条相对坎坷的公路。半天过去了，患难的喜鹊还在那里吗？该不会被哪个冒失鬼，驾车碾碎了？我在心里为喜鹊祈祷着，但愿它们能够幸免。我怀疑人的爱心太有限了，别说只是一对普通的喜鹊，即便珍贵的孔雀、高傲的雄鹰们，不也常为人们所伤害，拔毛剔骨，做成餐桌上的一道美味。这么想着，我的心是黯然的，甚或阵阵发酸。还好，前边的车速慢下来了，像我们来时一样，匀速而缓慢地滑行着，到我们的车辆滑行到那个弧形拐弯处，心跳突然急促起来，仿佛要从口里跳出来一样。

死喜鹊还在，守着它的伴侣也在。只是原来黑褐色泛着紫光的背部羽毛和白光油滑的腹部羽毛，经过长时间的车尘污染，脏污暗淡了许多。

我不是灵机一动，绝不。

只因为我的车上带了一只喜鹊造型的纸风筝，便顺手拿起来，抛到患难喜鹊的旁边，随着车速向前的鼓动，飘飘悠悠地飞了起来。或许是活着的喜鹊，哀伤得糊涂了；或许是活着的喜鹊，期望它亲爱的伴侣再飞起来。总之，随着渐飞渐高的仿生纸风筝，那只活着的喜鹊努力地扇动着翅膀，与仿生的纸风筝一起翻飞，飞离了那个伤心地，飞出新的喜悦和欢乐……适时地，我掐断纸风筝的牵线，看着仿生的喜鹊和那只失去了爱侣的喜鹊，双双恩爱地飞向远天。

2004 年 12 月 17 日西安后村

紫貂·紫貂

像一束紫色的闪电，从公路旁的白桦林里蹿出来，在车灯前稍做停留，倏忽又隐入路旁的白桦林。

陪同的小裴惊叫起来："紫貂！紫貂！"

长春报业集团的小裴，是我在全国报界要好的一位小老弟，当年下乡插队在长白山脚下的二道河。我一到长春，他就给我大讲长白山的故事。其中一个"猎人与貂"的故事，深深打动了我的心，使我对貂这一珍稀动物，产生了一份特别的感情。

猎人没有不喜欢貂皮的，尤其是难得一获的紫貂，更为猎人所青睐。紫貂皮细软柔和，色泽华美，得到一张，可就是其他毛皮百倍的收益啊！但要获得一张紫貂又谈何容易。紫貂动作敏捷，登高伏低，犹如闪电，网捕毫无作用，枪打伤了毛皮，价值就会大跌。怎么办呢？猎人动起了脑筋。

　　想起紫貂生性善良，在同类或异类遭遇不测时，会挺身而出，倾尽全力营救，正如大海里的海豚一样。猎人便施以苦肉计——喝了半瓶高粱烧，在紫貂出没的地方，脱了衣服，垫在积雪的林地上，光着身子躺上去，等待紫貂营救他时，将它一举擒获。紫貂一般都在初夜时活动。猎人躺了一会儿，借着莹莹的雪光，就发现了一只很大的紫貂，寻寻觅觅地朝他而来。猎人兴奋得一个激灵，然后躺定了，纹丝不动地装死等待……近了，越来越近了，猎人都已闻到了紫貂特殊的气息了。猎人知道他还要等待，虽然他也快冻成一具僵尸了。也只有耐心地等待，才能有理想的收获。

　　迟迟疑疑地，紫貂走到了猎人的身边。善良的紫貂不知道猎人的诡计，绕着白晃晃的一团肉体转了一圈，没有想到要吃那团肉。尽管紫貂的肚子饿了，趁夜出来，就是觅食的，可紫貂所想，还是要救活这团冻僵的肉体。于是，紫貂不再迟疑，轻轻一跃，爬到了猎人的身上，用它温暖的皮毛，覆盖了猎人裸露的肉体。

　　猎人感受到了紫貂的温暖，也感受到了紫貂的爱心。

　　然而，利欲熏心的猎人，岂能被紫貂的爱心和温暖软化。他迫不及待地双手环抱，抓住了意欲救他的紫貂。猎人太高兴了，高兴得几乎昏了头。但他高兴得还是早了点儿。弱小善良的紫貂反击了，不是用它的利爪和牙齿，而是它肛门里的臭气，把屁股翘到猎人的脸上，"哧"地放射出来，使猎人有了一瞬间的迷乱，不由自主地松了手，紫貂趁机溜之乎也。

长白山的猎人，把他们的这一手，形象地称为"充肉参"。

汽车减了一下速，我和小裴先朝车窗外的白桦林看了一眼，然后相视一笑，不用问，在那一刻，都想着"充肉参"的猎人和善良而不失机智的紫貂。而我，却又想起一次南下广州的经历，觉得那一次奇遇，与"猎人和貂"的故事太相像了。

不过，那一次的奇遇，全都是人的演绎。

昏昏沉沉地靠在一辆大巴的椅背上，不知什么时候，在我的身边站了几个小青年，他们放肆地谈笑和张狂的举动，让我警惕起来，下意识地护住钱包，而刚才的睡意也被吓得没了影儿。

一会儿上来一位乡下老人，肮脏的手拿着瓶易拉罐，可能没喝过这玩意儿，先自好奇地摇了摇，再拉开环，喷出的饮料泼了几个小青年一身。不由分说，小青年们围了老人，就是一顿拳打脚踢。后排有人站起来了，像个当过兵的，冲上去，也不见怎么费力，就把几个小青年制服了，喝令小青年们掏钱给老人疗伤。

小青年们也是求饶声声，翻遍了口袋，也凑不出几十元钱。而被打的老人躺在车底板上，眼眶青紫，嘴角流血，捂着胸脯，痛苦异常地说他肚子疼。"莫不是内脏出血？"复转军人模样的汉子，很有经验地问出了声，并说："如不及时救治，怕有生命危险！"说着，自己先掏出 200 元，交到老人手上。乘客早被见义勇为的汉子感动了，见他又慷慨解囊，谁还好意思迟疑，你 50 元，他 100 元，都给受伤的老人捐了钱。当然，我也没有例外，到了一个站口，目送汉子押着小青年，搀扶着受伤的老人，从大巴上下去，走远了，看不见了。突然地却听有人在说："咱们被骗了。"

车上人都冲说话者望去。只见他脸憋得通红，补充说，这样的事他见多了。小青年们和那汉子是一伙人，从乡下雇来一个老人，挨一次打，给他 200 元。在他们那些村子，无依无靠的老人，都是这么生活的。

满车人一时无语。我亦默然而坐，直到今日，看见了白桦林中一闪而过的紫貂，想起猎人的伎俩，不觉慨叹一声：感情是又一种"肉参"。

2004 年 12 月 18 日西安后村

音符一样的鸟儿

晨练于我，是一天起头的必修课。

去哪儿晨练呢？自然是环城公园了。这是西安人的福气。西安人可能腰包要瘦一些，但精神世界是骄傲的。所以骄傲，就是那一圈巍峨古老的城墙了。可以随便地走在城墙根下，把自己的身影投射在历史斑斓的墙砖上。

高耸的古城墙无语，深陷的护城河无言。

我在城墙与城河夹峙的环城公园踢着腿，甩着胳膊……我会听到鸟儿的啭鸣。不用费神，就知道是遛鸟的人，提着他的鸟笼子来公园了。周长五十公里的环城公园，有多少座门洞，就有多少个遛鸟的团队，都是不自觉走到一起的。遛鸟者都是退休下来的老人，无处寄情，就只有可爱的鸟儿了。手里拎一个做工精巧的鸟笼子，装一只两只的画眉、鹦鹉，或者别的什么鸟儿，晃晃荡荡、转转悠悠，在清晨的微风里，不期然相聚一起，蔚为壮观，叽叽喳喳地啼鸣声，叫人就只有赏心悦目了。

我怎能不被吸引，用眼看着笼子里的鸟儿，心里有说不出的悲凉。检讨自己，我并不怪遛鸟的老人，他们何尝不爱鸟儿呢！在我们不断肿胀起来的城市里，哪儿还有鸟的踪迹？就是绿树婆娑的环城公园，也难觅一只自由飞鸣的鸟儿。老人有什么办法？就只有从市场上捉来鸟儿，爱意缠绵地养在笼子里了。

城市的阴险和残忍，哪有鸟儿自由飞鸣的天地。

我悲哀鸟笼是鸟儿的囚笼，又欣幸鸟笼是鸟儿的避难所。

双休日，自驾了一辆捷达轿车，与妻女回西府的老家，从高速公路上下来，顺着一面长坡爬上了古周塬。上初中的女儿透过水汽朦胧的车窗，兴奋得手舞足蹈，嚷嚷着快停车。

是什么吸引了女儿呢？打开车门，站在了塬边上，俯瞰薄雾氤氲的原塬，心情也如妙曼的雾气摇曳起来。

女儿的小脸红润润的，指指点点地说："五线谱，多像五线谱啊！"

顺着女儿手指的方向，我看见一排排的电线，和在电线上的鸟儿。上下三层的电线，本来没有啥稀奇的，有鸟儿的点缀，当下变得生动起来，真的就如一段写在天上的乐谱了。女儿仔细地数着电线上的鸟儿，怎么也数不清。是啊，谁能数得清五线谱上的音符呢？数不清，就不数了。睁着欢喜的眼睛，看着数不清的鸟儿，我们一家人陶醉在这个乡村的早晨了。

叽叽喳喳的鸟儿，休眠了一个晚上，在清晨熹微的光晕里开始了最初的骚动。瞧吧，一只伸开了翅膀，精心地梳理着它的羽毛；一只横向移动着，靠近了另一只，很羞涩地偎在了一起；另有几只，一会儿飞离了电线，也不远飞，很淘气地绕一个弯儿，又飞回来，停在微微颤抖的电线上；……

鸟儿的嬉戏和追逐，依偎和跳跃，恰是一场自然天成的演奏，其美妙绝伦的音符，仿佛清澈的泉水，<u>丝丝缕缕</u>地灌进了我们的心田，涤荡了我们在城市里麻痹了的神经。

音乐是人类的一大创举。但人类不可以独享音乐的专利，一切有生命的东西，都有它自己的音乐贡献。就像电线上的鸟儿，便是世间最为美妙的一曲原创音乐！

忽地，我又想起环城公园笼养的鸟儿，可知道在自然世界里，它们应享有的自由，以及美丽的音乐？

也许它们已经忘记了。也许它们还有记忆。

听我的一位好友讲，他车过秦岭，从几位山姑的手里，买了六只鸟，逮回家里的当天晚上，就有两只没命地撞击着鸟笼子，直到撞得头破血流，死在鸟笼里。其悲壮的态度，感动得我的朋友涕泪交流，放飞了还活着的鸟儿。

这会儿，它们也在电线上自由欢唱吗？

2004 年 12 月 13 日西安后村

想念黑天鹅

　　有人说动物是没有意识的。那是他们缺少那样的经历，经历过了，就会相信，动物不仅有强烈的感性意识，而且有它们自己交流感情的语言，只是人类认识的局限，还未能破译出来。

　　生产队的吊庄在北山里（乔山山脉的一部分），一条麦草岭，分开两条山沟，在沟口上人工地筑起大坝，蓄上了水。不小的一片水面哩，依着各自的地理位置，山里人把两处水库，偏北的叫北湖，偏南的叫南湖。那时候20岁不到，在吊庄累出一身臭汗了，就会趁着傍晚歇工的机会，到湖水里扑腾一阵儿，洗去一身的疲惫，然后回到吊庄上去睡觉。

　　也不知为什么？湖水相对大的南湖很少有鱼，倒是湖水相对小的北湖里，总是鱼跃虾嬉，水面上十分地热闹。这就引来一群一群的鸟雀，栖在湖坡边的树林里，突然地一个箭飞，在湖面上逮住一只小鱼或者小虾，立马又飞回树林里去。其中有十几只黑天鹅，不知从哪儿飞来的，也安居在北湖边，悠游在湖面上，使这座深山平湖，平添了几分生命的张力与和谐。

黑天鹅游一会儿泳，会自觉退到湖水最浅的地方，姿态优雅地站起来，一条腿笔直地站着，一条腿就会收起来，屈在半空中。细长的脖子伸长了，轻轻地一摆，就会有清脆的鸣叫，在山谷里回荡。

吊庄的生活很累，像大家所说：出的牛马力，吃的猪狗食。天明出工挖荒，天黑回吊庄睡觉。生活的困乏和清苦可想而知。幸亏有黑天鹅的啼鸣，对人不啻一种精神鼓舞。在高陡的山坡上干活，一回头，看得见碧波荡漾的北湖，和在北湖里自由生活着的黑天鹅，觉得实在是太浪漫、太有诗意了。

天渐渐凉了。山林的叶子变着颜色，绿、红、黄、橙，显得肥厚而丰富。但我的劳作是不变的，依然是扛着镢头挖荒，并随着季节的需要，在开挖的荒地上种了豌豆、扁豆等越冬作物。

黑天鹅几乎被我忘记了。

终于有一天，我回望了一下波澜不惊的湖面，惊讶地发现，与湖水朝夕相处的黑天鹅不见了。浅水中生长着的芦草，最是黑天鹅乐意游嬉的地方，这时也由绿变黄，在瑟瑟的冷风中，舞动着如丝如缕的叶子。我很专注地盯视着瘦成纱条似的湖面。看了很长一段时间，所见除了舞成乱麻一般的芦草，再也找不见熟悉的黑天鹅了。

我有些失望，想着自己的处境，恨不得跟着黑天鹅一起消失。

然而，黑天鹅并没有消失，也仅仅只是两天的工夫，就又在湖水里看见了黑天鹅。不过没有原来那么多，也没有了原来成双成对的亲昵，孤孤单单的，这儿一只，那儿一只，高昂起长长的脖颈，张开红色的喙，向着空中叫了起来。叫声也不像原来那么高亢，带着一股让人落泪的伤感和悲凉……我奇怪黑天鹅的叫声，为什么会变得那么伤感？仿佛在呼唤什么？哀求什么？

这种伤感的、悲凉的哀鸣声，在下了一场雪的湖面上叫唤了有几个星期。奇迹出现了，那些孤单的黑天鹅，都有了自己的伴侣，双双对对地来到结了冰的湖面上；在它们的身边，又分别多了一些毛茸茸的小天鹅。这些小天鹅像它们的父母一样，除了头顶上那一点红外，油黑的羽毛与湖面洁白的色彩，形成了极大的反差。

小天鹅的活泼好动，让我欢喜不已，管不住自己的腿脚，下到湖畔上来，想与天鹅家族共享快活。可是警惕的黑天鹅父母，撵着它们喳喳欢叫的孩子，躲开了我，向着湖一侧的悬崖而去。我看见悬崖上有几眼废弃的窑洞，黑天鹅全都钻进窑洞里去了。

一个不解的谜这时候解开了。

做母亲的黑天鹅，在我看不见的日子，全都守在窑洞里，精心地抚育着它们的下一代。可是，不知所措的父亲们，游到湖中来，一边为它们的妻儿准备食物，一边伤感地对天长鸣。那悲凉的鸣叫，是在祈求上苍吗？是期望上苍降给它们吉祥，保佑它们平安吗？

因为黑天鹅，北山里的那条寂静的山谷，成了我内心一块温暖的圣地。过了许多年，最近有幸又去了一次，原想还能再见到黑天鹅，可是哪儿有黑天鹅的影子呢？除了南湖还有一点儿水外，北湖全都干涸了。当地的山民把湖底开垦出来，种植了玉米。而玉米长得特别茂盛，墨绿墨绿的色彩，闪着黑天鹅一样的亮光。

是的，山民的生活比过去好多了，差不多都从草屋搬出来，住上了红砖大瓦房，不时有一辆摩托从山坡上飞下来，带起一股冲天的尘雾……我便想：过去人的日子穷，黑天鹅尚且生活得很好；现在人的日子好过了，黑天鹅怎么就又难活了呢？

2004 年 12 月 20 日西安后村

复仇的乌鸦

那是乌鸦呢！

调皮的明明，莫名其妙地被这只乌鸦恨上了。除非他躲进教室，或者静静地呆在家里，别出门。但 11 岁的明明怎么能一直呆在屋子里呢？透过窗子，他看不见那只追着他的乌鸦了。侧着耳朵听，也听不见乌鸦的叫声。明明便从屋子里走了出来。

明明走得很小心，不像原来那么张狂了。

可他还是躲不过乌鸦的报复，刚一在屋外露头，那只愤怒的乌鸦就在他的头上盘旋着了，找好一个角度，便俯冲一次。有屎拉屎，自身的武器没了时，乌鸦会飞出很远，叼来小石子，或者小虫子，向抱头鼠窜的明明攻击，害得小学三年级的明明苦不堪言。反击嘛，乌鸦警惕地直飞云霄，让明明的反击徒劳无功；不反击嘛，乌鸦又冲低攻击了，而且每一次的攻击，都能准确地命中目标。

太稀奇了。事发福州市的镜洋镇，镇上人老几辈，谁见过乌鸦糟害人的？

同样的怪事又发生在西安郊区的灵沼乡。村里有人养了一只狼狗，张狂得满街乱跳，好像它是护村卫社的将军，汪汪的吼叫声又威武又响亮。可是近些时日，狼狗的叫声嘶哑了，更有一种少见的畏怯和丧气。原因是，有只孤独的乌鸦，不依不饶地追着狼狗，"嘎嘎"地叫着，向狼狗发起一波一波的攻击，拉屎，抛石子，撂虫子，逮住机会了，冲到狼狗的背上，狠狠地啄一口。

往日威风八面的狼狗，被一只乌鸦折磨得狼狈不堪，村里人想给狼狗帮忙，却也难奈乌鸦何。就都只有感叹日怪了。

说日怪，也不怪。是我们人太自大了。如果懂得一点儿鸟类知识，就会晓得乌鸦的可爱。习惯群居的乌鸦，最可爱处还在于对爱情的专一，雌雄一旦相伴，终生不变，长寿者能够度过珍珠婚（30年）。乌鸦崇尚早婚，青梅竹马时节，便已私定终身，双栖双飞。鸟类学家仔细观察过，乌鸦恋爱的方式与人类无异，总是雄鸦主动。如果雄鸦爱上一只雌鸦了，就会绕在雌鸦的身边，很调皮地飞旋着，飞出这样那样的舞姿来；实在还不够打动对方，就要耍赖皮了，呼呼地拍着翅膀，迅速地爬高，爬得没入云彩里看不见了，蓦地又收起翅膀，垂直地跌下来，如一丸墨球，不啼不鸣。千钧一发之际，眼看要跌在地上头破血流，雌鸦叫起来了，呱呱两声，极是轻柔。雄鸦听到了雌鸦的呼唤，黑亮亮的翅膀张开来，贴着地皮旋飞一圈或半圈，这就飞到栖居树上的雌鸦身边。其时，获得爱情的两只乌鸦幸福地站在一起，嘴对了嘴，持久地吐纳着。

它们是吻嘴吗？可以说是的，但比吻嘴实惠多了，雄鸦把要嚼碎的虫子喂给雌鸦，雌鸦很知足地接受着。

从此，相互有了一种责任，雌鸦在不育雏的时候，会很愉快地跟着雄鸦飞行、觅食或筑巢，它们把日子过得恩恩爱爱。下一代出壳了，雌鸦守着毛茸茸的一窝幼雏，哪儿也不去，像个坐月子的产妇，等在巢中，张口接受雄鸦的喂食。而这时的雄鸦，又特别勤勉，飞出飞进，没有一刻停闲。飞出去了，就得叼回虫子，满嘴的虫子，都是它爱吃的，而且它的肚子很饿了，可它忍着，坚持忍着，回来喂饲它的配偶和它的一窝幼雏。常常是，在雄鸦和雌鸦联合起来，把它们长大了的下一代赶出家去，另立了门户，雄鸦会瘦去很多；反过来，就有一段雌鸦的尽心呵护和抚慰，养精蓄锐，为再次的繁衍积蓄力量。

多么感人的乌鸦啊！可是我们人类要误会它们，什么天下乌鸦一般黑。黑又怎么了，那是人家的本色嘛。去瞧仔细了，乌鸦的黑闪闪发光，有种紫里透蓝的美。

设想一下，福州镜洋镇的明明，和西安灵沼乡的狼狗，不可能无端地遭受乌鸦的攻击。事实证明，明明把攻击他的乌鸦伴侣伤害了，狼狗把乌鸦的雏儿伤害了。重情重义的乌鸦愤怒了，复仇了。

自高自大的人啊，还有人的帮凶狗，别把自己推到其他生命的对立面，到时候可能会遭遇更加沉重的复仇。

2005 年 8 月 23 日 西安太阳庙

跪 向 小 鸟

    法网、美网、澳网……世界上还有多少网球赛事呢？
不是专业人士就不知道了，但只要热爱这项运动，就一定
知道英国的温布尔登网球赛。在温布尔登这个不是很大却
很古老的城市，每年一度的网球赛事比哪一个节日都轰动，
世界上所有的著名网球手都会来到这里，为自己的荣誉和
理想而搏杀。

    赛事紧张而刺激，座无虚席的网球迷毫不吝啬自己的
热情，球员的每一次精彩表演，都会博得满场雷鸣般的
掌声。

    具体的年份记不起来了，远离英国温布尔登所在的欧
洲大陆，我在供职的中国西安晚报上夜班，打开国际体育
频道，聚精会神地看起了这个历时一百多年的古老赛事。
当日的比赛，有许多情节我都忘记了，甚至忘记了比赛的

网球手，可我忘不了温布尔登蔚蓝的天空，和温布尔登球场碧绿的草地，和那只小小的麻色的鸟儿。球来球往，不大的一只网球，像个鹅黄色的精灵，在网球手有力地拍击中，划出一道又一道诡异莫测的线条，牵动着球迷炽热的心弦……掌声，掌声，总是海浪一样的掌声，教人热血沸腾。

麻色小鸟就在这时飞进了酣战的球场。

不晓得麻色的小鸟是否也为运动员的球技感动，欲参与到人山人海的球场上，与大家共享快乐。但它飞临的不是地方，叽叽喳喳地叫着，在划分竞赛界线的网带上站了一小会儿，一秒？两秒？现在都不敢确定了，只见它圆丢丢的小眼左右瞧了瞧，就又临空飞起。这时，不偏一倚，疾速飞来的网球迎着小鸟，把小鸟打得血肉模糊地跌落在球场上。

这是个意外，沸腾的球场因为这个意外安静了下来，我看见看台上的网球迷，全都睁圆眼睛，抬手捂住了自己吃惊的嘴巴。

以我当时的经验，旁边的球童、裁判甚至运动员自己，会去把撞死的麻色小鸟捡起来，随便扔掉，继续热火朝天的比赛。可是我错了，我的经验在这里一钱不值，那位击球打死了麻色小鸟的运动员，颓然地扔掉了球拍，在他的胸前划着十字，默悼着跪下来了，跪向了无辜死亡的小鸟。

今天我要认错，而在当时，我觉得运动员跪得过分了。不就是一只鸟儿吗？用得着那么惊世骇俗地跪下来？

男儿膝下有黄金，跪要跪得有讲究、有名堂。像德国战后总理勃兰特，在他访问波兰时，因为自己的国家和民族发动的二次世界大战，因为在波兰建造惨无人道的奥斯威辛集中营，给波兰人民造成极大的灾难和痛苦，他跪下去了，跪在犹太人死难纪念碑前。

这一跪，表达了德国人悔改战争罪恶的决心；

这一跪，黏合了与受害民族的感情；

这一跪，闪亮了世界和平的曙光。

这一跪，值得跪。而向小鸟下跪，值得吗？一只小鸟的性命，与战争死难的人，在量上无法相比，但其本质有区别吗？战争死难的人民是无辜的，球赛击毙的小鸟也是无辜的，既然都是无辜的，就应该有同样的悲悯和感怀。

生命没有高低贵贱，哪怕是一只小鸟。

2005 年 8 月 24 日 西安太阳庙

猪　婆　坟

属猪的孩子，赶在周岁那年，他家养的那头小黑猪做了幸福的猪妈妈，膝下一窝的小猪崽，胖嘟嘟极为可爱。

"三年媳妇熬成婆"，接着又豪迈地养了几窝猪崽，小黑猪就成了猪婆了。它不受节制地生育，成了家里的主要经济来源。打油称盐要调味，头疼脑热要买药，都在猪婆卖儿卖女的收入中支出；过年过节时，给家里人扯块布料，缝一件新的衣裳，也少不了猪婆卖儿卖女的收益；孩子背上书包上学了，花销靠的还是猪婆卖儿卖女的积蓄。在很长一段时间里，村上人看见，孩子的父亲赶在集日，都要捉了猪崽去卖。

孩子是乐见猪婆的，看它臃肿着身子，从猪圈里游出来，靠在猪圈旁的香椿树上，蹭着身上的泥垢。摇晃着的香椿树上，常有喜鹊喳喳响亮的欢叫。

孩子上学了，学业很有长进，总在班上考第一。

三年级的一天，孩子却晕倒在课堂上。送到医院抢救过来，医生对呆在一边流泪的母亲说："孩子严重贫血，营养一定要跟上。"孩子和母亲相视无语，都很放松地嘘了一口气。因为谁都知道，农家的日子，总是营养不够。孩子爬起来，和母亲就要出院回家，恰在此时，医院门口吵吵嚷嚷地，又抬进一个人。孩子眼尖，扑上去就喊爹。原来孩子的爹在外给人造屋帮工，听说儿子昏迷，自己眼前也是一黑，这就从丈五高的屋架上跌下来。抢救在紧张地进行，母亲攥着孩子的手，眼泪串着线儿掉。孩子没哭，只是盯着白大褂的医生护士，进去出来，出来进去，急促的脚步终于停了下来，传话说："命无大碍，腰伤了，从此怕站不起来了！"

祸不单行，在 1981 年的这个春天，孩子觉得他突然长大了。

父亲伤愈出院，果然站不起来。孩子在学校更用功了，三好学生的奖状，一学期一张，裱糊了家里的半面墙。可孩子抗不住还要头晕，又在课堂上昏过去了。抢救是及时的，医生的话十分坚决，孩子必须输血，否则……否则什么呢？医生不说出来，孩子的母亲听出来了。过去，母亲听不得那样的话，听了就是一脸的泪水，现在的母亲没眼泪了，天塌下来，母亲都默默地承担着。家里那一连串的变故，使柔弱的母亲坚强得如一座山。屠户是母亲喊来的。母亲在猪圈旁的香椿树下，架起一口大铁锅，熊熊的火焰烧得锅里的水翻浪滚。母亲对屠户说：善人啊！你看这头猪婆能杀几个钱？杀了它，给我娃输血呀。屠户闭上了眼睛，虽然他生来杀猪无数，可他坚决不杀猪婆。再说，猪婆的肉也卖不上钱。屠户很想转身而去，但他不能，他晓得这一家的艰难。屠户就睁开了眼睛，睁开眼睛时就亮出了他的杀猪刀，长长的、弯弯的杀猪刀闪着瘆人的寒光！

母亲卸下圈栏，举着一捧猪草，轻轻地唤着猪婆，想把猪婆哄出猪圈。可是猪婆像是看透了母亲的伎俩，只管慵懒地蹲在圈里，抬头看了看母亲，便只和绕膝的猪崽玩儿了。母亲失去了耐心，撵进猪圈，要赶猪婆出来了。而猪婆干脆倒卧地上，嘴里发出只有猪崽才懂的呼噜声。众猪崽闻声而来，拥在猪婆的两排乳头上，发出一片风卷残云的吮奶声。母亲在这时候流泪了，很长一段时日，原来泪罐罐一样的母亲，忙了家里忙外头，再不流泪了。却因为猪婆这一耍赖的举动，忍不住流泪了。孩子日后猜想，那是两个母亲的较量，母亲爱着她的孩子，猪婆也爱着它的孩子。没办法，母亲就只有流泪，她必须牺牲猪婆的母爱，而成全她自己的母爱了。

猪崽吃饱了奶汁，跑到一边玩儿去了。母亲开始了她的强制措施，抓着猪婆的耳朵，准备把猪婆拉出猪圈时，猪婆却自己站起来，朝圈外寒光闪闪的杀猪刀走来了，嘴里呜噜噜地低吼着，身下肥硕的两排乳头，浪浪地摔来摔去，摔出点点滴滴的洁白的乳汁……猪婆走出了猪圈，走到了屠户的身边。屠户的杀猪刀也举起来了，却见两只粗壮的胳膊扑上来，护在了猪婆的脖子上。

　　这是父亲呢。卧床不起的父亲，是什么时候爬下床，爬到猪圈边来的，母亲和屠户都没有注意。但却正是父亲的出现，猪婆得救了。屠户收拾起刀子，嘴里不无感动地说：这猪婆太有灵性了！

　　父亲让母亲准备好架子车，他爬上去，让母亲拉着去了医院。父亲瘫痪了下肢，上肢却是出奇的发达，那一天的表现，深埋在父亲和母亲的记忆里。直到孩子上了大学，有了一份很好的工作，父子俩就着一碟炸花生，你一盅烧酒，他一盅烧酒，喝得高了，父亲才说出来的。原来孩子输血，总是在母亲拉着父亲去一次医院，他再去医院输的。他所输的血，都是父亲从自己身上抽出来输给他的呀！

　　猪婆是最后老死的。死后就埋在猪圈旁的香椿树下，时常地，喜鹊还会飞来，兀立香椿枝上，继续着喳喳地欢叫……

2006 年 4 月 4 日 西安后村

兔 儿 娘

　　绒绒的，像团雪样的兔儿，买回来是要杀了做菜的。从四川盆地来到西安打工的姜姓夫妇，做得一手叫人称绝的缠丝兔肉，久未品尝，夫妇俩是要打一回牙祭了。

　　兔儿买回来，撂在他们租屋的后窗外，那里有一绺窄长的空地，生着一丛丛的杂草。兔儿倒也适应得快，张着豁子嘴，把杂草啃断了，却不嚼碎了下咽，叼在嘴里，一趟一趟地堆在檐角里。天黑时，兔儿竟然在堆起的草窝里下了一窝小兔崽。挨刀的兔儿就这么做了兔儿娘。

　　女主人首先发现了这一景象。

　　也有身孕的女主人，透过后窗玻璃，悄悄地看了兔儿娘的分娩过程，那是怎样的一份痛苦呀！女主人不错眼地看着，直看到兔儿娘落草了四只红肉蛋蛋似的兔崽子。在那个时刻，女主人摸着她隆起的肚皮，决心不杀兔儿娘了。

天黑了，男主人回到租屋，听了女主人的叙述，自然同意了她的建议。

以兔儿娘推比自己，少吃一口缠丝兔肉没有啥。一窝兔崽子失了娘，就没法活了。

为了兔儿娘很好地养育兔崽子，女主人不仅按时送吃送喝，还找来一个纸箱，铺了棉絮，安放在后窗外的屋檐下，替代了兔儿娘自己叼垒的青草窝。应了一句民间俗语：有苗不愁长。兔儿娘吃得好，喝得好，奶水也就好，喂得四只兔崽子肥肥胖胖，原来光溜溜的肉身上，长出了一层好看的绒毛。

兔崽子挨挨挤挤地，试着学步了，却不知从哪里钻来几只老鼠，与兔儿娘争食女主人抛进后窝的馍块。女主人看不过眼，找来一个老鼠夹，放了诱饵，安顿在老鼠出没的地方。

想不到，悲剧由此而生。

胎儿在肚子里的动静大起来了，夫妻俩赶紧去医院分娩。也就多半日时间，回来时，两口之家变成了三口之家。一脸幸福的女主人，因为有了兔儿娘分娩时的经验，憋了一口气，就很顺利地产下了孩子。抱着孩子一回租屋，女主人就去查看兔儿娘。这一看让她眼前发黑，差点儿晕了过去。

老鼠夹子没有夹着老鼠，却把兔儿娘的一条前腿夹住了。

固定在一边的老鼠夹，兔儿娘是拖不动的。可以想见，兔儿娘在被老鼠夹夹住的时间里，做了最为痛苦的挣扎，它没有办法，而它能看到兔崽子饥饿时的号叫。兔儿娘不忍听，又不能不听，它希望开始学步的兔崽子，能够迅速地学会走路，走到它的跟前来，叼着它的奶嘴大吃。可是兔崽子走不过来，好像原来学会的一点儿本事，在饥饿的打击下，也都失去了。

兔儿娘便张开它的豁子嘴，用它独具的两颗大门牙，一下，一下，啃着夹在老鼠夹里的那条腿。可敬的兔儿娘，硬是咬断了它的伤腿，跑到饥饿的兔崽子跟前，躺下来，露出鼓胀的乳房，兔崽子扑趴上去，四张豁子嘴，争先恐后地咬住一个乳头，撅起屁股，形象凶猛地吮吸着兔儿娘的奶水。

断腿上的血在流着，浸染着身上的绒毛，呈现一片触目惊心的艳红……

2006 年 4 月 2 日 西安太阳庙

灵 鼠 墓

　　黑与白，两种色彩的对比是强烈的。

　　黑是一只瓶盖，白是一粒药片。白的药片就盛在黑的瓶盖里，静静地放在孩子伸手可及的炕边上。孩子知道，这是老爸摸黑下地前给他预备的，紧挨着黑色瓶盖和白色药片的，还有一个木质的小碗，碗里的水原来是很烫的，冒着丝丝缕缕的热气，现在已经放凉了，看不见飘荡的热气了。孩子只需伸出手来，把药片倾进嘴里，用水送进肚子就好了。这是孩子应该做的功课，天天如此，一日不落，已经做了很长时间了，做得他的心烦烦的，实在不想再做下去了。

　　有什么办法呢？孩子病了。原本孩子在村头的小学课堂上幸福地读着书。老师夸孩子用功，同学羡慕孩子用功。他也总是争气，在十几所小学的教区里，测验考试，他的成绩一直名列前茅。老师和同学就预言，孩子的前途无量。可是孩子病了，是骨头上的病。孩子拼了命挣扎，最终还是倒在教室里。老爸背着孩子走州过县，遍访名医，却也不能治好他的病。孩子就趴在了炕上，去不了学校了。

老师和同学来看孩子，赞赏的、羡慕的目光就都变成了同情，渐渐地也不来了。而孩子的母亲，看不惯别人同情的眼光，堵在心里，堵出了满腹的疙瘩，人便早早地去了，剩下孩子和老爸苦苦地熬日子。

孩子也绝望了。他孤独地趴在土炕上，也不吃老爸给他预备的白药片，用指甲掐得碎碎的，扔到脚底下。那只老鼠就出现了，小小的眼睛，小小的嘴巴，嗅着碎碎的白药片，最后竟挑着拣着吃了下去。

老鼠吃着白药片，一时吃上了瘾，先还怯怯地在空寂的土屋脚底找寻孩子抛撒了的碎白药片吃，后来像是知道碎白的药片来源于病卧土炕上的孩子，就大胆地跃上土炕，图谋与孩子做进一步交流。如果孩子没生病，他肯定是讨厌老鼠的，绝不会与老鼠有什么交流。现在不同了，老爸在地里有忙不完的活，孩子就只能趴在家里，孩子太孤独了，他多么需要一个伴儿啊！孩子没有伴儿，隐隐地听得见村头学校的歌声，孩子就更孤独了。老鼠的出现，填补了这个空白，老鼠有意与孩子交流，孩子又怎么能拒绝呢？

哪怕是一只老鼠，孩子也不能选择。于是，在老鼠向孩子发出交流的信息时，孩子是迎合的。但一人一鼠的交流并不容易，需要的时间那么长，持续了一个冬天，一个春天，直到夏末秋初时，人和鼠才默契得像是一对朋友了。

白色的药片成了孩子和老鼠交流感情的纽带。仿佛是受到老鼠的感动，孩子又开始吃药了。不过，孩子会掰下小小的一块，喂给朋友般的老鼠；留下大大的一块，他自己吃下去。

天上扯着雨，早上起来，老爸出门时雨有多么大，现在还是多么大。老爸咕叽咕叽地踩着满院的烂泥刚一出门，孩子就睁开了眼睛。可他只是睁了睁，就又严严实实地闭了起来。那只老鼠不失时机地钻出了墙角的鼠洞，很轻捷地跃上土炕，和孩子亲热在一起。老鼠翘着它的尾巴，在孩子的眼睛上扫过来扫过去。孩子受不了鼠尾横扫的痒痒，伸手逮住了老鼠，又取来黑色瓶盖里盛着的白色药片，像往常一样，掰下一小块，喂进了老鼠的嘴里，他自己也吃下了剩下的一大块。孩子还端起木碗，自己喝了两口水，又送到老鼠的嘴边，让老鼠去喝。这时的孩子，"慈祥"得像是一位老奶奶，他逮着老鼠的爪子，敏感地体会到老鼠肚子的小崽，孩子就温柔地念叨上了：又要做妈妈了呢！

长期的交往过程中，老鼠已经幸福地做了几回妈妈了。

雨就不见停，下了二十天了吧，土坯的墙基湿了半人高，不断地有墙皮脱落下来，摔在地上软成一堆泥。吃了老爸烧的晚饭，灭了灯，听着老爸的唉声叹声，孩子沉沉地睡了过去。孩子做梦了，他梦见了太阳，红红的太阳下，却还不紧不慢地下着雨，他赤着脚，在太阳雨下跳着，跑着，他看见了村头上的学校。也就在这时，钻心的疼痛从脚心而生，直刺孩子的大脑，他醒过来了，嘴里又尖厉地喊了一声。老爸在孩子的喊声里也惊得坐了起来。孩子说，我的脚心疼！

别说孩子的脚心，孩子的小腿和大腿，很长日子都不知道疼了，却突然的脚心疼了。老爸点亮灯去看，就看见了那只老鼠，正龇着牙咧着嘴，疯狂地咬着孩子的脚。

老爸愤怒了，举手去打老鼠。老鼠却敏捷地躲开来，跳下炕向门外跑去。老爸一定是气糊涂了，光着身子追着老鼠而去。泥泞的院子里，就满是老爸追打老鼠的喊叫声。孩子不愿意老爸打老鼠，尽管老鼠咬烂了他的脚，他也舍不得老爸打老鼠。孩子在屋里的土炕上，一声一声地哀求着老爸，可他的哀求却像是一声一声的动员，老爸追打老鼠的气势更甚了。孩子听得见，老爸手里还操起了一把宽大的铁锹……情急中，孩子从炕上爬起来了，跌跤爬步地冲出屋门，冲到了风声雨声喊打声的院子，只见老爸举起的铁锹在黑夜中划出一道亮白的弧线，重重地拍在了泥地上，铁锹下满身泥污的老鼠，发出了一声无奈的呻吟。恰在这时，一声沉闷的巨响，房子塌下来，溅起院子里的泥水，糊了孩子和老爸一身。

房塌之后，是一片寂静，只有老爸粗粗的喘气声，直往孩子的脸上喷。孩子弯下腰，取开了老爸的铁锹，捧起已经毙命的老鼠，向后院的那块丑丑的石块走去。孩子在石块旁用手刨着，刨出了一个深坑，很小心地把老鼠放进去，一点点地填着土。填得高出了地面，高成了一个圆圆的土丘。

持续了几十天的雨，这时候突然停了，墨色的天空裂开了一道缝，月亮出来了，皎洁而明净，月光照着孩子和他的老爸，两人的脸上都挂着晶莹的泪珠！

2005 年 5 月 6 日 西安后村